이번 생은 지구별을 졸업하고 싶어

염라국공식 지구졸업가이드북

김예진지음

목차

어느 염라국 직원의 하루

침실/아침
창 사이로 햇살비치고
잠에서 깨는 나 일어나면 침대 옆 협탁 위 전자패드에서
전자음과 함께 붉은 색 불빛 반짝인다. 열어보면 염라국에
서 온 메시지가 와 있다.

| 금일 판결 건 23456789회 |

나: (한숨 내 쉬는) 하아...오늘도....이렇게나 많이.....

cut to 전신거울 앞
검은 양복착장 끝내고 거울 앞에 서는 나

나(e): 나는 염라국 소속 공무원. 사람들은 우리들을
속칭 '사신'이라고 부른다.

cut to 출근길
검은색 서류가방 들고 걸어가는 그.

나(e) 인간들은 사신들을 죽음의 신이라 부른다. 하지만 우
리들이 원하는 건 인간들의 죽음이 아니다. 어느 쪽인가
하면 오히려 반대이다.

염라국/정문

정문에 들어선 나. 건물, 둘러보는데.

나(e): 염라국 공무원들의 일은 세 가지로 분류된다. 먼저, 병동.

화면, 병동 비추면

나(e) 병동은 영혼들이 심사국으로 보내지기 전 지상에서 해결하지 못한 마음의 상처를 치유하는 곳이다. 병동에 근무하는 사신들은 상담소 소속으로 카운슬링을 담당한다.

카메라, 심사국 비추면

나(e): 이곳은 심사국. 병동에서 퇴원하거나, 영계에 도착한 영혼들이 다음 단계를 위해 보내지는 곳이다. 영혼들이 생전 지구에서의 삶을 평가하고 심사하는 곳이다. 지구의 법원과도 같은 곳이라고 보면 된다.

(걸어가면서) 죽으면 모든 것이 끝이라고 생각하는 사람도 있지만 그렇지 않다. 인간이 살아가는 세상에는 인간 세상에 필요한 법, 규칙, 다양한 일이 존재한다. 마찬가지로 영혼이 살아가는 세상도 이곳의 법과 일이 존재한다.

인간들은 우리들을 천사로 부르기도 하고 사신이라 부르기도 한다. 다 같이 영혼을 도와주는 일을 하지만 어떤 장소에 어떻게 나타나느냐에 따라 인간들은 우리의 존재를 구분 짓는 것이다. 하지만 우리가 하는 일을 엄밀히 따지면 인간계의 공무원과 비슷한 것이다. 공무원들이 국가에 소속되어 국민들을 위한 서비스를 제공하는 사람들이라면 우리들은 천상에 소속되어 영혼들을 위한 서비스를 제공하는 '신들'이기 때문이다.

인간들은 사람을 죽이고 살리는 혹은 초능력을 보이기도 하는 대단한 능력을 가진 존재를 신이라고 일컫지만 사실 사람은 죽으면 다 신이 된다. 사람인데 몸을 벗은 영혼 상태의 사람이라고 생각하면 된다.

인간들도 여러 가지 직업을 가지고 세상에 필요한 일을 하는 것처럼 신들도 각자의 적성이나 인연에 따라 다양한 역할을 하며 존재한다. 그 중에서 내가 하는 일은 심사국 소속 판사로 영혼들의 생전 지구에서의 삶을 평가하고 심사하는 것이 나의 역할이다. 나의 판단에 따라 영혼들이 가야할 곳이 정해지기 때문에 책임이 무겁다고 할 수 있다. 아무리 신이지만, 요즘 같아서는 이 일을 벗어버리고 싶을 때가 많다. 자신이 온 곳에 돌아가지 못하고 이곳에 대기하는 영들이 너무 많아졌기 때문이다.

인간들이 '하늘'이라고 부르는 곳에는 다양한 역할을 하며 살고 있는 신들이 많다. 그 중에서 염라국은 하늘에서 '지상직'이라 일컬어지는 일로 바로 민원을 대해야 하는 부서이기 때문에 가장 많은 인원이 배치되어 있다. 염라국에서 하는 일은 죽은 자의 생전 삶을 판단하는 심사국, 죽은 자들을 가야할 곳으로 실어 나르는 교통국, 죽은 영혼을 이곳 까지 인도하는 인도국, 이들을 위한 병원이라 할 수 있는 상담소, 그리고 심사국 직영으로 운영되는 인생영화관이 있다.

요즘, 아니 이 일을 맡고난 이래 계속되는 나의 걱정이라면 많은 영혼들이 본래 온 곳으로 돌아가지 못하고 영계에서 대기 중이라는 것이다. 극소수의 영혼들만 성공적으로 지구별에서의 유학을 마치고 고향으로 돌아가거나, 아니면 자신이 온 고향보다 조금 더 높은 하늘로 올라가는 경우가 간혹 있긴 했지만, 지금까지 심사국의 판결로는 1% 정도의 영혼만이 합격점을 받아 지구별의 윤회의 사슬을 끊고 졸업을 했고 나머지 99%의 사람들은 재수에 삼수를 거듭하여, 현재는 (대기 중인 수많은 영혼들 보여주며) 저렇게 많은 이들이 고향으로 돌아가지 못하고, 이곳에서 지구별에 다시 태어나기 위해 순번을 기다린다거나 것도 아니면, 진화의 기회조차 기대할 수 없는 동면상태에 있다는 것이다. (말해놓고 한 숨 쉬는)

마음 같아서는 이들이 모두 성공적으로 지구별 유학을 마치고 고향으로 돌아갔으면 좋겠지만 공부를 하러 이곳에 입학한 그들이 자신의 공부를 끝내지 못하면, 고향으로 돌아갈 수 없는 것이 지구별의 법칙이기도 하다. 윤회의 사슬을 끊어낼 만큼 공부를 끝내야 비로소 자유의 몸이 되어 지구를 떠날 수 있다. 이런 무시무시한 법칙이 지구에 적용되었지만 그럼에도 수많은 영혼들이 고향별을 떠나 새로이 지구별에 입학하기 위해 기다리고 있다. 한 마디로 이곳은 재수생도 많고, 입학생도 많은 우주 최고 난이도의 유학별이다.

심사국/인생영화관

심사국 쪽으로 걸어가는 나. 간판에 인생영화관이라고 써있고, 여기 저기 후회의 울음소리와 탄식, 통곡소리가 들려온다.

어두워지는 표정의 나

영화를 보다 못한 영혼들이 개인 영화관을 밖을 뛰쳐나오기도 한다. 그러면 사신들은 조용히 옆에서 지켜보다 그들이 다시 준비가 되었을 때 영화관으로 데려간다. 비틀거리며 영화관 속으로 들어가는 영혼들.

나: 이곳은 심사국 소속 인생 영화관. 판결을 받기 전, 스스로 자신의 인생을 성찰 할 수 있도록 개인의 삶을 영화화하여 보여주는 곳이다. 사람들은 죽으면 판결에 따라 극락세계나 지옥으로 가며, 지옥에서는 불바다에서 영원히 고통을 받고, 극락세계에서는 온 종일 맛있는 것을 먹고, 즐거운 삶만 누리는 곳이라고 생각한다.

그런 것은 쾌락이지 행복이라고 할 수 없다. 우주의 모든 존재는 자신의 발전을 위해 살아간다. 지옥이나 극락으로 나뉘는 도식적인 세상이 있는 것이 아니라 존재의 영적인 수준에 맞는 세상으로 가서, 교육이 필요한 자들은 교육을 받고, 성숙된 영혼들은 우주를 발전시키는 일에 동참하며 보람 있게 존재의 삶을 설계한다.

하늘에는 법계, 상천, 중천, 하천 그리고 지하세계가 있다. 염라국에서는 영혼들이 어느 하늘로 갈지를 결정하는 곳이다. 하지만 인간 세상의 판관들과 우리들이 다른 점이 있다면, 영혼들이 자신의 삶을 어떻게 살아왔느냐에 따른 상과 벌은 엄격하게 정하되, 그들이 전 보다 나은 영혼이 되는 것을 돕는 일에 하는 일의 무게를 두는 교육자에 가깝다는 것이다. 판관으로서 판결은 하되, 결국에는 그들이 자신의 과오를 깨닫고 다시는 같은 실수를 되풀이 하지 않도록 돕는 것이 우리들의 일이다.

즉, 판결은 가장 나중에 이루어지는 것이고,
먼저, 그들이 스스로를 성찰할 수 있도록 돕는다.
이를 테면, 영계에 도착한 인간들은 가장 먼저 자신의 인생을 돌아본다. (시선 돌리고, 시선 머무는 곳에) 영화관에 앉아서 자신의 삶을 영화처럼 보고 있는 영들 비춰준다.

자신의 인생영화를 보고 있는 영혼들, 눈물을 흘리는 이, 고개를 젓는 이, 탄식하는 이들로 가득하다. 반면, 인생을 보람 있게 산 자들의 얼굴에는 자연스레 미소가 번지고 편안한 분위기가 그를 감싼다.

"저건, 저건 내가 아니야!"
머리를 흔들면서 영화 보기를 거부하는 사람
눈을 가리고 보는 것을 거부하는 사람
영화관을 뛰쳐나가는 사람
화면으로 시선 돌리는 나, 독자들에게 말을 건다.

나: 여러분, 지구에서의 삶이 참 어려운 거예요. 부정하고
싶은 과거도 있을 것이고 그리운 마음, 서러운 마음 다양
한 감정이 올라올 거라고요. 하지만 자신을 제일먼저 사랑
해 주는 것을 잊지 마세요. '고단한 세상에서 이때까지 잘
견뎠다.' 노력하는 자신을 사랑하고 아껴주면 적어도 심하
게 후회하는 삶을 살지 않을 거니까요.

지금 어려운 상황에 놓여있다면, 스스로를 아껴주는 일이
먼저 입니다. 자신을 아껴주는 사람이 없을수록, 스스로를
먼저 아껴주세요. '살아내는 것만으로도, 견뎌내는 것만으
로도 대단하다.' 그리고 한 발자국 씩 나아가세요. 지구에
서 사는 것이 얼마나 어려운 일인지는 저도 경험이 있기에
알고 있습니다. 자신에게 다가오는 것들에 감사한 마음을
가지고 긍정적으로 살다보면, 차츰 남을 돌아볼 여유도 생
기고, 내가 본래 하려고 했던 역할도 다시금 해내고 싶은
마음이 들 겁니다. 알겠습니까? 말투가 조금 딱딱한 것은
이해해주세요. 이 일을 오래 하다 보니....이 말투에 길들여
져서. 그렇다고 하루아침에 친근한 말투로 바꾸는 것은 어
려운 거잖...(아요? 라고 할까 하다가 쑥스러워지는)습니
까?

나(다시독백): 세상에서 말하는 지하세계가 아마도 지옥에 가까운 곳일 것이다. 하천 또한 아무런 움직임이 없이 하루하루 무의미하게 살아가는 곳으로, 생에 대한 가치나 의미 같은 것을 돌아보지 않는 곳이다. 지상에서 각자의 삶을 돌아본다면, 굳이 이곳에 오지 않더라도 자신들이 어떤 하늘의 삶을 살고 있는지 알 수 있을 것이다.

지상을 다녀갔던 현자들인 '자신이 있는 곳이 지옥이면 그 곳이 지옥이요 자신이 있는 곳이 천국이면 그 곳이 천국이다.' 라고 표현했던 이유는 영혼의 세계는 자신의 마음의 상태가 그대로 드러나는 곳이기 때문에 스스로의 마음의 상태가 결국은 영혼세계에서 자신의 사는 곳이라는 뜻이다.

영계 위에는 법계라는 곳이 있다. 이곳은 세상에서 살아갈 때 자신은 물론 타인을 구제하기 위해 노력하고, 마음공부를 열심히 했던 사람들이 가는 곳이다. 그들은 이곳에서 삶을 잘 꾸려가는 한 편, 타인의 진화를 위해 노력하는 삶을 살고 있다. 하지만 하늘은 참으로 다양한 등급이 있고 그 등급에 따라 모여 사는 곳이 다르다. 인간세계의 등급과 다른 것은 하늘 세상은 모든 것이 투명하게 드러나 있어 스스로의 상태를 가릴 수도 없고 가려지지도 않는다. 그래서 자신의 영혼의 격에 따라 자연스럽게 등급을 구별되며, 이것은 그 영혼의 사랑의 크기, 영혼으로서의 품성과 영성에 따라 결정된다. 그러니 누구도 의문을 가지지 않고 자연스럽게 수긍을 하는 것이다.

지구에서 수업을 잘 마치고 복귀한 영들은 자신이 주도적으로 우주를 발전시키는 일에 동참할 수 있다. 나도 지구별에서만 경험할 수 있는 오욕칠정과 생로병사를 공부하기 위해 지구별에 입학한 적이 있다. 그때는 고전을 면하지 못하던 때라 말하기도 부끄럽지만, 바로 직전 생에 나의 공부가 무엇인지 명확하게 깨달아 공부를 무사히 마칠 수 있었다. 그때를 생각하면 아직 지구에서 공부하고 있을 자신이 떠올라 아찔하다.

과거/회상
다리 위에 서 강물이 흘러가는 것을 하염없이 바라보고 있는 한 여성 눈빛에 초점이 하나도 없는 퀭한 눈이다.
그 눈을 바라보고 있으면 어둠 속으로 빨려 들어갈 듯
회오리바람이 몰아쳐 그곳으로 데려갈 것 같다.
반짝 반짝 햇빛에 반사되어 아름답게 일렁이는 강물
저 세상으로 가면 새로운 낙원이 기다리고 있을 것만 같다. 자신을 향해 들어오라고 손짓하는 느낌이 드는데,
마침내 가지런히 신발을 벗는 그녀.
뛰어 내리기 위해 난간을 집고 올라서려는 순간.
"안돼요!"
그녀의 몸을 강하게 잡아서는 반대방향으로 끄는 한 사람
그녀 아랑곳 하지 않고 다시 난간으로 올라서고
그런 그녀를 다시 끌어내려서 잡아끄는 사람
서로 옥신각신 실랑이를 벌인다.

이미 세상에 아무런 미련이 없는 그녀는 완강하게 그녀를
잡아끄는 힘을 거부하고
다시 올라가기를 수차례
하지만 그녀를 잡아끄는 그 사람의 힘도 만만치 않다.
얼굴이 긁히고 옷이 찢어지기를 여러 차례이다.
마침내 지나가던 사람들이 그 광경을 보고 함께 그녀를 끌
어내린다. 여러 사람들이 잡아끄는 힘에 못 이겨 진이 빠
진 그녀는 난간 쪽으로 달려가지 않는다. 나가고 싶어서
힘이 없어서 갈 수가 없다.

그녀를 강하게 안아주면서 우는 한 사람.
"살란 말이에요. 그렇게 힘이 세면서 왜 왜 왜!"
너무 속상한 얼굴로 우는 그 사람.
처음에는 멍하게 그 사람을 바라보던 그녀
이윽고, 자신의 눈가에도 눈물이 맺힌다.
자신을 보고 울어주는 이 사람을 보니
서러웠던 마음이 터진 것이다.
그리고 함께 부둥켜안는 두 사람.

나(독자를 향해):
알고 보면 나를 살려준 그 사람과 나는 같은 처지였어요.
어릴 때부터 부모님은 없었고, 저를 맡아주신 친적분은 돈
벌러 타지로 나간 터에 아무도 돌봐주는 사람이 없어서 제
멋대로 자랐던 저였지요. 성인이 되기도 전에 나쁜 길에
빠져서는 빚만 수억을 지고는 갚을 길이 없어 그냥 죽으려
고 했습니다. 하지만 그녀는 절망의 구렁텅이에서 나를 꺼

내주었어요. 그녀를 만나기 전에 저는 제 인생을 탓하고, 나를 무책임하게 낳은 부모님을 탓하고, 나라는 사람을 한 번도 따뜻한 눈길로 봐라보아 주지 않은 세상을 탓하고, 사람들을 탓하고, 내가 가진 것을 가진 사람들에 대한 미움, 세상에 대한 원망과 분노 미움으로 가득 차 있었어요. 그도 그럴 것이 대체 희망이 없었으니까요.

하지만 그녀는 달랐어요. 사실 그녀가 내게 해 준 것은 작은 것들이었어요. 때때로 전화를 해 안부를 물어주고, 맛있는 것을 가지고와선 저와 같이 먹자고 하였죠. 그것 뿐 이었어요. 저를 가르치려고 하지도 않았고 그 사건 이후에는 제게 왜 그랬는지 무슨 사정이 있는지는 묻지도 않았어요. 말하지 않아도 비슷한 인생을 살았으니까 알았을 거예요. 모르겠어요, 전에는 원망만 하면서 살았는데 삶을 조금씩 긍정하며 살 수 있게 되니까 죽고 싶지 않더라고요.

토스트 장사를 하면서 생계를 꾸려나갔던 그녀와 함께 일을 시작했어요. 처음에는 그저 보조역할만 했죠. 사실은 제게 이 일을 가르쳐주고 싶었던 거였습니다. 너무 이상했어요. 세상에 자신에게 돌아가는 이익이 없는데도 순순히 남을 도우려고 하는 마음이 저는 이해가 가지 않았어요. 하지만 아무리 생각해도 저를 도와 그녀에게 갈 이익은 없었어요. 그래서 혹시 나를 다른 데 팔려는 생각을 가지는 것은 아닌가, 또 다른 꿍꿍이가 있는 것은 아닌지 의심이 갔답니다. 그러자 그런 마음을 눈치 챈 그녀가 말하더군요. "그렇게 의심이 나면 다른 데 가면 되잖아!"

저를 붙잡지도 않고 그렇다고 놓은 것도 아닌, 어정쩡한 상태로 지내다 저도 뭐 할 일도 없고 심심하기도 하다 보니 그녀와 함께 일을 했습니다.

언젠가 그녀가 말하더군요.
"나도 세상에 원망하는 마음이 없었던 것은 아니야. 절망하고 원망하고 울고, 스스로를 안 좋은 상태에 빠뜨리기도 하고, 그런데 그것 다 해보니까 재미없더라고. 신기하지? 원망하고 또 원망하다보니 이제는 원망하는 것도 지겹고, 내가 왜 원망했는지 생각해 보니 이렇게 하면 뭔가 보상이 있을 거라고 생각했던 것 같아. 그런데 그게 아니더라고 점점 안 좋아질 뿐이더라고. 그래서 오기가 생겼지. 어랏? 내 인생인데, 소중한 내 인생인데 원망한다고 해서 나아질 것도 없고 누가 도와주는 것도 아니라면, '반대로 한 번 살아봐야 겠다'하고 말이야. 그냥 그랬어. 그런데 재밌더라고. 스스로 돈도 벌어보고, 써 보기도 하고, 점점 스스로 할 수 있는 것이 늘어나니까...그러다 보니 그 감정에서 벗어나지더라고. 나를 얽어매었던 감정에서 벗어나보니 것도 별것 아닌 거더라고. 그냥 가볍게 받아 넘기고 가볍게 살면 될 거였는데 무슨 비극의 주인공이라고 혼자 그러고 살았더라고. 하하하!"

저는 의존하는 마음이 세상에 있었던 것 같습니다. 그래서 누군가 도와주지 않고, 누군가 나를 해결해 주지 않아서 강한 분노 상태에 싸여 있었지요. 세상에 태어나서 죽고 싶다는 생각, 다들 한 번씩 해 보잖아요. 어떤 이는 고통

때문에 어떤 이는 참을 수 없는 권태로움 때문에 각자의 이유로 인생은 힘든 거지요.

하지만 그녀를 통해 인생을 너무 심각하게만 생각하지 말라는 것을 배웠어요. 다가오는 것들은 경험일 뿐이라고, 그리고 가벼운 마음으로 하루하루 살다보면 얼마 안 가 나를 괴롭게 했던 것들로부터 벗어나 자유로울 수 있음을 느낄 수 있었지요.

먼저 인생을 살아본 저의 입장에서 하고 싶은 말은 자신을 살려주는 일은 거대한 무엇이 아니라 하루하루 다가오는 삶을 얼마나 가볍게 넘기고 긍정적으로 살아가는 가에 달려있다는 것을요. 그리고 삶이 너무 권태롭다고 생각하는 분들은 기필코 마음을 붙일 수 있는 일을 찾아보시라고요. 찾는 과정자체에서 얻는 것이 있으리라고 생각합니다. 남들이 보았을 때 근사한 일이 아니라, 내 마음 속에서 은은한 기쁨을 느낄 수 있는 그 일이 있을 겁니다. 그것을 찾아보세요. 토스트장사를 하면서 즐거웠던 기억은 나라는 사람도 할 수 있는 일이 있다는 것, 그 자체가 저를 살게 해 주었던 이유였네요. 결혼도 자식도 없었던 저는 모아둔 돈을 가지고 있을 필요가 없었어요. 그래서 그 돈을 다시 사회에 환원 했던 기억이 있습니다. 그리고 밤에는 글을 썼어요. 토스트 장사를 하면서 만났던 수많은 사람들과 그 사람들의 이야기가 머릿속에 가득했어요. 그래서 사람들을 웃게 하고 울게 하는, 위로 하는 글을 쓰고 싶었어요. 인기 작가는 아니었어요. 그래도 감사할 수 있었어요. 처음의 나와 비교하면 많이 변했잖아요. 언제나 힘들 때는 처음의 나를 떠올렸어요. 그것도 뭐 그 분한테 무의식중에 영향을 받은 거지만요.

제가 그 언니를 만나 변할 수 있었던 것처럼 살면서 비슷한 처지의 사람을 만나면 그 분이 했던 것처럼 해주려고 노력했어요. 베푼다는 생각도 없었어요. 자연스럽게 그렇게 된 것이지. 그 후 저는 하하, 편안한 마음으로 일생을 마쳤고 원래 자리로 복귀할 수 있었습니다. 아휴, 예전 생각을 하면 저도 아찔합니다. 물론 저는 한 사람을 만날 수 있었으니까 운이 매우 좋은 경우였지요. 그러나 꼭 사람을 만나야만 변할 수 있는 것은 아니라고 말씀 드리고 싶네요. 때에 따라서는 나를 구원하는 것은 사람일 수도, 내가 읽은 책의 한 구절이, 아니면 지나가다가 들은 노랫소리가, 아니면 유난히 예뻐 보인 하늘이 나를 살릴 수도 있답니다. 하지만 그것 또한 '우연'이 아니라는 것을. 그것 아세요?

지금은 사신으로 일하지만 과거에 너무 평범한 모습이어서 실망하셨나요? 제가 지구에 간 목적은 평범한 인간으로 겪는 갖가지 감정을 경험하고 그것을 긍정적으로 극복하는 것을 공부하는 것이 목표였기에 평범한 모습으로 살아갔던 겁니다. 전의 저는 인간의 감정을 이해하지 못하는 판사였습니다. 그래서 제가 하는 일에 부족감을 느꼈지요. 하지만 인간세상은 신인 제가 보아도, 무척 위험해 보였어요. 그곳에 간다면 삶을 잘 마치고 돌아올 자신이 없었죠. 하지만 이곳에만 있다 보면 지구의 인간들이 뭐 때문에 저렇게 고통스러워하는 것인지, 왜 감정에 얽매여서 평생을 벗어나지 못하기도 하는 것인지 도무지 이해가 가지 않았어요. 스스로가 인간이 되어서 경험을 해봐야겠다는 생각이 들었고, 이런 결심을 상부에 알린 다음 허락을 받고 지구별로 유학을 갔습니다.

처음부터 뛰어난 재능을 나타내거나 두각을 나타내는 사람, 혹은 수 천 수만의 사람을 구하는 일을 하는 사람들은 대개 어떤 역할을 가지고 간 경우가 큽니다. 공부를 하러 간 사람이 있다면, 그 공부를 도와주는 사람도 필요한 법이잖아요. 역할을 가지고 간 사람들은 많은 부분을 갖추고 인생을 시작하게 됩니다. 하지만 그것 또한 장담은 못해요. 왜냐하면 지구라는 곳은 워낙 변수가 다양한 곳이니까요.

대부분은 지구에서 오욕칠정이라는 감정을 통해 경험을 하고, 이를 통해 어떤 배움을 얻고 영혼을 살찌우기 위해 간다고 보는 것이 맞겠네요. 저는 지구별에 학생의 신분으로 유학을 간 것이지요. 화면의 독자를 바라보다, 다시 시선을 돌리는 나, 어디론가 걸어간다.

심사국/회랑

서류더미 들고 바삐 걸어가는 판관들, 나도 합류하여 따라 들어가면 옷걸이에 조선시대 의관처럼 생긴 판관복, 걸려

있고 판관복을 몸에 걸치는 나와 동료 판관들 심사국으로 들어간다. 엄숙한 얼굴이 되는 나, 긴장감이 서려있다. 곧 심사가 시작될 예정이다. 심사를 받을 영혼이 좌석에 앉아있고 세 사람의 판관들이 영혼을 바라보고 있다.

나(이하 판관): 귀하에게 세 가지 질문을 하겠소. 방금 인생영화를 보았으니, 그에 대한 답은 스스로가 가장 잘 알거라고 생각하오. 그럼 첫 번째 질문을 하겠소.

판관: 이번 삶에서 당신이 배운 것은 무엇이오?

영혼: 무엇을 배웠냐고요? 많이 배웠죠. 인생이 얼마나 고통의 연속인지. 아니 신들은 이렇게 힘든 곳에 우리를 쳐박아 두고 쳐다만 보고 있는게요? 인간들의 삶을 모르니 이렇게 심판도 할 수 있는거겠지. 인생은 정말이지 살 게 못되오. 지구에서는 죄를 저지르지 않고 살기란 어려운 노릇이오. 내가 뭘 배우고 왔는지도 모르겠지만 그곳에서의 삶이 끝났다니 참말로 다행이로구먼!

그런 영혼을 말없이 바라보는 판관들. 법정에는 침묵만이 흐른다. 영혼은 가만히 앉아 생각에 잠기고, 그의 눈가에는 눈물이 흘러내린다.

사실 배운 것이 하나 있긴 하오. 나는 왜 그것을 죽을 때가 와서야 깨달았는지 모르겠어. 몸을 벗게 되니 선명하게 보이는 진실, 돈이나 명성 따위는 정말 중요한 것이 아니었다는 것을 말이오. 왜 나의 소중한 에너지와 시간을 더 많이 가지려고 애쓰고 모아두는데 썼냐는 것이요. 더 가지려고만 애 쓰다가 결국 몸이 상해 병을 얻어 죽게 되었지요. 내가 조금만 더 자신을 돌 볼 줄 알았더라면, 돌볼 줄 알았다면 (꺼이꺼이 우는 소리) 그게 너무 안타깝소.

말을 마치고는 두 손에 얼굴을 파묻는 그이다. 울음때문인지 어깨가 들썩인다. 그로부터 진한 후회의 감정이 묻어나온다.

판관: (종이에 영혼이 하는 얘기를 써내려 간다) 그럼 다음 질문을 하겠소. 살면서 당신은 얼마나 타인과 나누는 삶을 살려고 했소?

영혼: 나누는 삶이요? 솔직히 말하리까? 내가 가진 것이 없다고 생각했소. 그러니 나눌 것이 어디 있겠소? 여유란 가진 것에서 나온다오. 나는 부자도 아니었고 누군가 나눌 여유 따윈 없었소.

판관: 나눔이란 꼭 물질을 뜻하는 것이 아니지요.

영혼: 그런 교과서 같은 소린 집어치우쇼, 판사양반! 물질에 여유가 없으면 마음에도 여유가 안 생기는 법이요. 왜 나에게 더 많은 부를 가져다주지 않았소?

판관: (역시 종이에다가 무엇을 써 내려간다) 마지막 질문이요. 당신이 이번 생에 했던 역할은 무엇이었소?

영혼: 나의 역할? 그런 것은 생각해 본적이 없소. 나한테 그런 것이 있을 거라고는 생각해 본 적도 없소. 돈 벌고, 모으고 그것이 살아가는 이유라고 생각했소.

판관: 주변에 당신에게 그것 말고도 다른 세상이 있다는 것을 알려주는 사람들이 있지 않았나요?

영혼: (생각해보더니) 그래요! 있었던 것 같소. 이웃에 사는 수봉영감은 법 없이도 살 사람이었지. 자신도 가난하면서 폐지 주워서 모은 돈으로 해마다 겨울이 되면 보육원에 아이들 옷이며 학용품을 사주더이다. 나는 뭔 쓸데없는 짓을 한다고 생각했지. 자기 먹을 것도 제대로 못 챙기면서 쯔쯔. 하지만 그이는 아이들이 커 가는 것을 보는 게 기쁘다고 하더이다. 대단하다는 생각은 들었지만 와 닿지는 않았지. 또 있소. 친구 놈인데 6.25동란 때 북에서 홀로 내려와 진짜 안 해본 일 없이 고생한 녀석이오. 병까지 있어서 매일 몸에 기계장치를 차고 다니던 놈이었지. 이빨도 다 빠지고 부르면 히~하고 웃던 이상한 놈이었지만 그 놈이 죽자 내 그렇게 많은 사람은 처음 봤소. 나 보다 못한 놈인 줄 알고 무시했던 놈인데 그 놈이 남모르게 도운 사람이 수백 명도 더 되지 않겠소? 그 놈처럼 고아가 된 아이들을 평생 동안 도왔다고 하더군. 그 이야기를 들었을 땐 나도 잠시, '내가 잘 못 살고 있는 것은 아닌가' 하는 생각이 들었소. (하다가 항변하듯) 하지만! 다들 나처럼 살지 않소? 더 가지고 싶어 하고 모으고 싶어 하고....(라고 말하다가 뭔가를 깨닫는) 아.....

판관: 뭔가 생각나는 것이 있소?

영혼: 이제야 생각이 났소. 내가 지구에 가려고 했던 이유가.

판관: 그것이 무엇이오?

영혼: 사랑을 하고 싶었소. 사랑을 하고 싶었는데....흑흑, 그 바보 같던 친구들이 맞았소. 그 바보 같던 친구들이. 나눔이라는 것이 꼭 돈을 뜻하는 것은 아니었는데, 나는 잘 산다고도 할 수 없었지만 못 사는 것도 아니었소. 생각해보니 뭐가 힘들다고 마음 한 조각내는 것에 그렇게 인색했는지 모르겠소.

고개를 파묻고 흐느끼는 영혼.

영혼: 지구에서의 삶이 너무나, 너무나 후회되오. 이것은 이제껏 느껴보지 못한 아주 진한 감정이오. 할 수만 있다면 다시 한 번 살아보고 싶소.

-시간이 흐른 뒤-
판관들 서로 이야기를 주고받는다. 표정이 심각하다. 그리고 나(판관)는 다른 판관들과 주고받은 내용을 바탕으로 판결문을 읽는다.

판관: ○○○님이 이곳에서 거쳐야 할 절차가 모두 끝났소. 수고했소. 당신에게 해당하는 판결문을 읽어주겠소.

판결문을 읽어 내려가는 판관. 고개를 떨구는 영혼.
그런 그를 부축이면서 심사국을 나서는 사신들.

교통국

심사국을 나와 다음 세계로 이동을 위해 교통국으로 온 영혼. 철도역처럼 생긴 그 곳에는 작은 역사가 있고, 기다란 철길이 나 있다. 영혼들을 싣고 다양한 세상으로 인도할 기차들이 빼곡하게 서 있고, 한 편 새로이 지구에 입학하고자 하는 영혼들을 실은 기차들도 빼곡하게 줄 지어 서 있다.

영혼: (사신에게) 나는, 나는 이제 어떻게 되는 것이오?
사신: 그것은 도착하면 알 것이오.
영혼: 이대로 이게 끝이오?
사신: .....
영혼: (후회에 찬 목소리) 나는, 나는 이대로 돌아갈 수 없소.....한번 만, 한 번만 더 기회를 줄 수는 없는 것이오?

사신, 아무말없이 목례를 한다.
영혼: 이유라도 알고 싶소! 왜 내가 다시 돌아갈 수 없는지를?
사신: 당신은 직전 생에 대한 성찰과 배움이 더 필요합니다. 이대로 다시 지구에서의 공부를 반복하다간 같은 실수를 되풀이 할 확률이 커 보이는 군요.

영혼, 떼어지지 않는 발걸음을 억지로 떼어 자신이 타야할 기차를 탄다. 창문 유리에 비친 그의 눈동자에는 후회와 슬픔이 어려 있다. 멀리서 그를 지켜보던 나, 그가 기차에 탑승하고, 기차가 떠나자 시선을 돌린다.

판관(독백): 인간들은 신이 운명의 결정권을 가지고 있다고 생각한다. 그러나 인간에게는 정해진 운명을 부수고 나아갈 수 있는 힘이 있다. 그 힘은 신도 어찌할 수 없을 정도로 크다. 다만, 인간이 깨닫지 못하고 있을 뿐. 신들의 세상에서 보람이란 그런 인간들을 많이 만나는 것이다. 인간 세상에서 평범한 이가 고통을 겪고 나서 신화를 이루었다는 전설이 전해온다. 그것은 진짜 있었던 일이다. 인간의 신화란, 인간으로서의 한계를 극복하고 뛰어 넘어 신계로 영격을 향상시킬 경우 가능하다. 인간에겐 그런 힘이 있다.

공문: 지구별 학교 졸업가이드북 편찬안내문

아루이 은하 태양계 제4성 지구별 관장, 염라국에서는
지구별 학교에 입학했으나 졸업하지 못한 영혼들과
지구별 입학을 위해 대기 중인 영혼들
지구별 학생으로 재학 중인 사람들을 위해
지구별 학교에서의 보람찬 학교생활과 학업의 진전을 도모
하고자 졸업가이드북을 편찬합니다.
가이드 북에 수록된 내용은 다음과 같습니다.
* 설문조사 후, 지구별 유학생들의 질문을 최대한 반영 하였습니다.

1. 지구별의 특징
2. 지구별 졸업생들과의 인터뷰
특전 하나! 졸업 꿀팁
특전 둘! 지구별 우등생이 되는 비법
특전 셋! 이렇게 만 해라! or 이렇게 만은 하지마라!
특전 넷! 자살은 왜 안 될까?
3. 지구별 학교 필수 이수과목 3가지
1교시 나는 누구인가
2교시 성장
3교시 나눔
4. 잠깐만요! 스스로 하는 인생 점검 워크북
5. 에필로그: 염라국에서 편지가 왔습니다.

아루이 은하 태양계 제4성 지구별, 염라국발간

지구별의 특징

지구별은 어떤 곳입니까?

헤아릴 수 없는 많은 영들이 지구에 태어나기 위해 순번을 기다리고 있습니다. 지구는 우주에서도 희귀한 곳이라고요. 학교(또는 수련별)의 역할을 하는 난이도 최상(★★★)의 별이지요. 몸을 입는 것은 커다란 혜택이며 이것은 우주에서도 드문 '사건'입니다. 몸을 입는다는 것은 짧은 시간에 많은 경험을 할 수 있어 빠른 진화가 가능하다는 것을 의미하거든요. 이것이 자신이 태어난 이유라는 것을 깨닫는다면 어떻게 살 것이에 대한 질문에 대한 답이 나올 거예요. 왜냐하면 깨달음이 넓고 깊어질수록 자신이 계획한 공부와 역할을 제대로 하고 있다는 것을 말해주거든요.

뛰어난 재능을 가지고 온 사람들이 있어요. 이런 사람들은 수련(공부)을 목적으로 온 사람들과는 달리 일찍 두각을 나타냅니다. 재능을 가지고 온 사람들은 그 재능에 대해 오만한 마음을 품으면 곤란합니다. 왜냐하면 재능은 자신을 발전시키고 더불어 타인을 돕는 도구로 사용하지 위해 하늘이 준 선물이니까요. 그것에 대해 감사하는 마음을 가지고 어떻게 다른 사람들과 나눌 것인가를 생각해야 합니다. 그것이 나를 구제하고 타인을 구제하는 길입니다.

수련을 목적으로 지구에 온 사람들은 말 그대로 수련이 목적입니다. 즉, 공부를 하는 것이 목적이에요. 본래의 자신의 모습을 잊고, 자신의 재능이 아주 깊숙하게 숨어져 있는 경우라고요. 이런 경우에는 처음에는 자신의 모습을 모르고 지내다가 지구별에서 자신을 이겨나가는 여러 경험을 통해 점차 본래의 아름다운 모습이 드러나며 빛을 발하지요. 살아가는 과정 속에서 자신이 갖고 온 보물을 찾고, 그것을 타인의 진화에 도움이 될 수 있도록 쓰임이 될 수 있도록 산다면 사실, 스스로가 제일 원하는 것이라고요.

우주에서 지구만큼 변화가 빨리 진행별도 없답니다. 시간의 흐름이 매우 빠르게 진행되고 기후변화도 빠르고 생물체도 무척 다양합니다. 소용돌이 치고 빨리 회전하는 곳이라 아주 쉽게 번뇌에 빠질 수 있는 곳이지요. 선과, 악, 극선과 극악이 아주 치열하게 서로 대립하면서 싸우는 곳이라고요. 하지만 그 가운에서 견뎌내고 이겨내고 살아남아 삶을 긍정적으로 변화시킬 수 있다면 그 만큼의 깨달음을 얻을 수 있는 곳이기도 해요.

반면에 끝없이 나락으로 빠질 수 있는 위험이 도사리고 있는 곳도 지구입니다. 지구를 벗어나 우주에서 보면, 어떤 잔잔한 별들은 몇 억년 씩 그 상태로 있습니다. 거의 변화가 없어서 하루하루가 같은 날들의 반복입니다. 그런 곳에서 지구를 바라보면 이곳은 전쟁터라고요.

지구에 오는 것은 대단한 용기와 결심이 필요해요. 이곳에 입학한 유학생들은 지금은 비록 기억나지는 않더라도 그렇게 살아보겠다고 결심하고 태어났거든요. 다만 공부를 마칠 때까지는 졸업을 할 수 없는 별입니다. 윤회를 계속 하면서 지구별을 재수, 삼수, 사수...급기야 지구별 n수를 거듭하는 것이지요. 이런 상황이 너무 안타까워 염라국에서는 이번 기회에 <지구별★졸업가이드>를 편찬 한 것입니다.

그렇군요. 지구별에 태어나는 사람들은 보통 어떤 과정을 거쳐 지구에 오게 되는 거죠?

다양한 차원의 존재들이 있고, 그들은 지구에 태어나기 위해서는 상부에 보고를 해야 하는데 그러면 일정에 맞추어 태어날 수 있습니다. 하지만 지구의 모든 것을 자유의지로 선택할 수는 없기 때문에 간혹 신청이 받아들여지지 않는 경우도 있어요. 자신의 목적에 맞는 주변 환경과 육체적 환경을 갖추어야 하는데 이것은 영혼 스스로가 선택할 수 없는 범주에 들어가는 경우가 많이 있습니다. 만약 상부의 사전 결재 없이 몰래 지구에 태어나려 할 경우에는 우주의 운행법칙에 따라 저지당하게 되어 있습니다.

지구인이 되고 싶다고 다 되는 것이 아니군요.

네! 지구는 수련별의 역할을 하기 때문에 많은 영혼들이 이곳에 태어나고 싶어해요. 스케줄에 대한 계획서를 제출하면 실현 가능성에 대한 평가를 받고 지구에 이익이 된다는 결정이 나면 자신이 원하는 스케줄에 맞추어 태어날 수 있어요. 하지만 자신이 스케줄을 짜고 올 확률은 낮고, 태어난다고 해도 지구의 특성상 그 전의 모든 기억을 지우고 태어나는 시스템으로 인해 자신이 지구에 왜 왔는지 잊어버리게 되는 거죠. 오기 전에 미리 짰던 스케줄 그대로 지구에서의 목적을 찾는 경우는 극히 드물어요. 때문에 특별한 목적을 가지고 태어나는 사람이 있는 경우에는 해당별에서 지원그룹을 결성하여 물심양면으로 지원을 하고 있습니다. 이러한 지원은 직접적으로 하는 경우도 있고 '영감' 등의 방법을 통해 일깨우는 경우도 있습니다. 특이한 경우에는 그대로 두고 그가 어떤 선택을 하는지 결과와 과정만 기록하고 관찰하는 경우도 있습니다.

근데 그렇게 태어난 목적을 잊어버리고 달성하기도 힘든데 고향별 친구들의 응원까지 받아야 하면서 굳이 지구에 태어나야 할 이유가 있나요? 게다가 복귀할 수 있는 확률도 낮다면서요?

지구에는 엄청난 에너지가 있어요. 지구에 우주에서 온 생명이 하나 태어나면 그를 통해 해당별에 에너지가 연결됩니다. 파장을 통해 상호 교류를 하는데 지구의 에너지도 함께 전달이 되는 것입니다. 이 에너지를 통해 우리 행성에 엄청난 활력을 주는 경우가 많이 있습니다. 물론 자신의 목적을 잘 달성하고 있을 때만 가능하지만 말이에요.

그러면 지구에 태어난 우주인은 지구의 에너지를 그 별에 보내는 통로가 되는 것이네요.

지구에서도 다른 지역으로 유학 간 자녀가 보내오는 편지를 서로 읽으면서 자랑을 하듯이 우주에서도 우리 행성 출신의 우주인들이 자신의 역할을 통해서 지구에서 인정을 받는 경우 좋은 에너지가 간접적으로 전달이 됩니다. 이것은 변화가 거의 없는 행성에서는 엄청난 자극이 됩니다. 진화가 많이 된 별들은 변화가 많지 않아요.

지구를 생각해 보세요, 더 이상 발전 될 것이 없을 만큼 발전하고 나서는 정체기를 보이는 것처럼, 우주도 마찬가지입니다. 너무 발전이 되었고 사람들이 다들 성숙하다 보면 더 이상 올라갈 곳이 없습니다. 다들 너무 고운 파장을 내 보내지요. 하지만 그렇게만 살다보면 정체되기가 싶습니다. 활력이라는 것은 움직이는 데에서 나오는 것인데, 지구에서 여러 가지 사건에 부딪치고 또 해결하는 과정에서 활력이 생깁니다.

에너지를 전달하는 것 외에 다른 이유가 있다면요?

지구에서의 삶을 마무리하고 돌아가면 우주에는 다양한 경험들이 축적이 되고, 그 경험을 공유하여 간접 교육이 되기 때문에 모두의 진화를 촉진하는 결과로 이어지게 되요. 단순히 문명이 발전하는 것과는 차이가 있습니다. 우주의 차 별들은 문명 수준이 훨씬 높기 때문에 개인의 경험을 통해 특정한 것들을 전수하는 경우가 많지 지식이 도움 되는 것은 아닙니다. 문명이라는 것은 주로 물질, 기술과 연계되어 발전 하는 것을 문명이라고 하지요. 하지만 정신적 발전은 한계가 없습니다. 지구에서 얻어지는 가장 값진 것은 계속적으로 변화되는 경험입니다. 이 경험은 매 인간마다 다르게 나타나고 있어서 너무도 다양합니다. 우주인들도 삶을 살아가는데 다양한 경험을 하는 것이 매우 좋습니다. 그래야 더 많은 일을 할 수 있기 때문입니다. 경험의 많은 부분은 감정에서 발생하게 됩니다. 지구에서처럼 다양한 감정을 경험할 수 있는 곳도 없고요.

왜 사람은 태어나고 고통과 번민 속에 살면서 죽고 다시 태어나는 것일까요?

지구별은 수련별입니다. 이곳에서는 우주에서도 드물게 몸을 입고 태어날 수 있는 곳으로 몸을 입고 태어나기 때문에 영혼의 상태에서는 느낄 수 없는 생로병사, 오욕칠정을 아주 진하게 느낍니다. 영혼들이 고통을 겪으면서도 지구에 태어나려는 이유는, 몸을 입고 할 수 있는 경험을 통해 깨달음을 얻기 위해서 입니다. 자신의 겪고 있는 고통을 긍정적으로 승화했을 경우, 영혼의 격이 상승하는 것은 물론, 더불어 타인의 진화까지 도울 수 있는 것입니다. 이미 진화가 많이 된 곳에서는 변화의 여지가 많지 않습니다. 어렸을 때는 생각해 보세요. 경험이 절대적으로 부족할 때에는 세상의 모든 것이 신기하고 변화의 가능성이 많습니다. 하지만 세월이 흘러 나이가 들면 세상의 이치에 대해서도 어느 정도 파악을 하고, 희로애락의 감정에서도 많이 벗어나 성숙된 모습을 하고 있지 않은가요?

지구에 태어나는 법칙은 전생의 기억을 싹 다 지우고 새로 시작해야 해요. 그것 뿐 만이 아니라 본인이 공부하기로 계획 했던 것들을 슬기롭게 헤쳐 나가는 것은 물론 본인이 지구에 처음 왔을 때보다 더욱 성숙된 영혼으로 성장했을 때만이 지구별의 비로소 졸업할 수 있답니다. 그 이유는 본인의 역할을 제대로 해 내지 못한 경우 스스로가 강한 후회와 집착이 남게 되어 지구별에 머물고 싶은 마음이 들기 때문이죠.

지구별 생활을 영리하게 하는 방법은 자신이 겪고 있는 것들에 대해 가볍게 겪어 넘기고, 긍정적으로 사세요. 힘든 경험을 하고 있을 때에는 깨달음에 더욱 가까워지는 즐거운 경험이라고 생각하고 즐거운 경험을 하고 있을 때에는 그 즐거운 경험에 대해 감사하며 넘기면 되는 것이죠. 지구별은 중용을 배우는 곳이랍니다. 선과 악이 정확히 반반으로 구성된 이 별에서 자신의 마음자리를 어디에 두는 지에 따라 그것은 선이 될 수도 악이 될 수도 있어요. 다만, 이쪽저쪽을 다 보면서 약간 긍정적인 방향으로 세상을 나아가는 법을 배울 수 있다면 당신은 지구별에서의 수련생활을 꽤 잘해내고 있다는 증거랍니다.

내 인생은 하나의 거대한 프로젝트

내가 살아가고 있는 이번 생(生)은 내 영혼의 진화를 위한 하나의 거대한 프로젝트입니다. 내가 가지고 온 역할과 설정한 장애물을 통해 여러 가지 경험을 하고 느끼고 생각하고 깨달음을 얻으면서 내가 가진 것들을 주변과 나누고, 오기 전보다 세상을 조금 이라도 낫게 만들고 싶은 것이 내가 이 세상에 온 이유라고요. 살아가면서 내가 늘 마음 속에 품어야 하는 세 가지 과제가 있어요. 다음과 같습니다.

인생을 관통하는 세 가지 질문

▷살면서 얼마나 배우려고 하는가?

학교에 왔으면 배우는 것이 목적입니다. 살면서 부딪치는 많은 문제들에 대해 스스로 생각하고 고민하고 답을 얻기 위해 노력해야 해야 하죠. 단순히 세상에서 행복해지고 부를 얻고 성공을 하고 싶어서 귀하디귀한 생명을 받은 것은 아니에요. 영혼은 영속된 존재인 만큼 영혼에 남을 만한 그러한 배움을 얻고 가야지 남는 장사 아니겠습니까.

▷살면서 존재들을 얼마나 사랑하고 나누려고 했는가?

사람은 혼자 태어나는 존재가 아니지요. 태어남 자체도 부모님의 도움을 얻어야만 가능했던 것처럼 내가 숨 쉬고 살아가는 것은 모두 타인의 도움이 있었기에 가능한 것이라고요. 사람은 서로 연결된 존재로 내가 몸담고 있는 이 세상을 얼마나 사랑하고 가진 것을 나누려 했는지에 따라 내 영혼의 격도 달라진다는 것, 기억하세요.

▷살면서 내가 가지고 온 소명을 얼마나 이루기 위해 노력했는가?

세상에 태어날 때에는 아무런 목적 없이 태어나지 않아요. 간단한 물건조차도 만들어진 이유가 있는데, 사람이 아무 이유 없이 태어난다고 생각하세요? 내가 세상에 펼치려고 했던 소명이 있습니다. 자신이 이유 없이 끌리고, 그 일을 통해 행복감을 느끼고 타인을 돕는 것과 연결된다면 그것은 자신의 소명일 가능성이 커요.

남들 눈에 좋아 보이고 세상의 기준에서 성공에 가까운 것이 소명이 아니라, 나의 내면 깊은 곳에서 찾아낸 것이 소명이지요. 소명이 무엇인지 잘 모르겠다면 어린 시절 가장 순수한 마음으로 내가 좋아했던 일이나, 아니면 자신도 모르게 끌렸던 일들 아니면 주변인들이 일깨워줘서 알게 된 것들 생각해 보면 찾을 수 있을지도 몰라요. 사실, 자신의 역할을 잘 해내는 것이 사랑을 나누고, 배움을 나누고, 또 배우는 길이랍니다.

사람들은 어떤 목적에 얽매여서 그것을 성취하는 삶을 살려고 하죠. 하지만 더 큰 시선으로 바라보면 우리의 삶 자체가 거대한 명제이고 그 안의 것들은 삶을 풍부하게 해줄 콘텐츠에 해당한답니다. 문학이나 철학, 과학, 이런 것들은 내 삶이 있고서야 가능한 것 이예요. 삶 자체가 배움 터이고 내가 태어나서 내가 만들어 나가는 것이라는 것을 알았으면 해요.

지구가 수련별이라면 그렇다면 지구가 몸담고 있는 이 우주는 어떤 곳인가요?

우주와 탄생

조물주의 고향은 무(無) 이지만 아무것도 없는 무의 상태이면서 동시에 모든 것을 낳을 수 있는 무의 상태입니다. 도덕경이나 수많은 경전에서 표현한 무의 상태란 허무의 상태가 아니라, 이렇게 생명체를 낳고 기를 수 있는 진공의 상태인 '무'를 표현한 것이지요.

지구별을 다녀갔던 선배인, 노자의 <도덕경>에는 이런 구절이 있습니다.

"도는 낳고 덕은 기른다.
만물이 모양을 갖추고 기물은 이루어진다.
그래서 만물은 도를 높게 대하고 덕을 고귀하게 대한다.
도는 높고 덕은 고귀하지만 만물에 군림하지 않고
항상 저절로 되어가게 놔둔다.

그러므로 도는 낳고 덕은 기르는 것이다.
기르고 양육하며 안정시키고 성숙 시키고 돌보고 덮어준다.

무엇을 낳고도 그것을 소유하려 하지 않고
무엇을 하고도 그것을 자랑하려 하지 않으며
길러주지만 그것을 주재하려고 들지 않는다.
그것을 '현덕'이라고 한다.

사랑이라는 것은 하되 모르게 하고
누군가를 위해 사랑하면서도 집착하지 않고 가지려 하지 않는다면 그것은 하늘의 사랑에 가까운 것이다.

최고의 선은 물을 닮았다.
물은 세상만물을 이롭게 하면서
고요하여 다투지 않고
많은 이들이 꺼리는 낮은 곳으로 흐른다."

세상에 앞서 살았던 현자들은 세상의 이치, 우주의 이치 그것을 우리는 조물주라고 표현하기도 하고, 로고스(logos), 자연법칙이라고 표현하기도 해요. 세상을 경험하고 깨달은 것을 시의 형태로 말씀으로 후손들에게 남겨 놓았지요. 보이지 않지만 보이는 모든 것들을 가능하게 한 힘 그것이 사랑이고, 조물주랍니다. 우리는 그 모습에 가까워지기 위해 살아가고, 또 성장해 나갑니다. 지구 인간뿐만 아니라 모든 인류의 소망이기도 하죠.

"무로부터 조물주는 탄생하였단다. 조물주는 사랑 그자체 이지. 사랑이기에 만나고 싶어 하고 역시 그것을 통해 자 신도 기쁨을 얻고 성장하고 싶어 한다."

다시 허공을 바라보았다. 시작도 끝도 없을 것 같은 허공, 그 허공에 극히 미세한 흔들림이 보였다. 흔들림이라고 할 수도 없을 정도의 극히 미세한 움직임이었다. 그것은 수억 년, 수조년 그 보다 더 오랜 시간을 거쳐 생긴 움직임이었 다.

그 움직임이 조금 더 큰 움직임을 낳고 그 움직임은 다시 조금 더 큰 움직임을 낳았다. 인간의 머리로 생각할 수 없 을 정도의 오랜 시간 동안 그 움직임은 서서히 커졌다.

눈에 띄게 활동이 커진 미립자들은 서로 밀고 당기고 뭉치 고 흩어지기 시작했다. 그리고 그 미립자들의 움직임으로 발생한 진동들은 각기 의사를 지닌 에너지로 분화되어 나 갔다.

"조물주는 시간과 공간을 창조 하셨고, 그 안에 별들을 만 들었단다."

미세한 에너지들은 점점 증폭되어 더 압축되고 더 뜨거워 지고 있었다. 그리고 어느 순간 거대한 폭발을 일으켰다. 폭발과 동시에 수많은 별들이 쏟아져 나왔다. 태초의 별이 었다. 보이지 않는 조물주의 손은 그 별들을 필요에 의해 무리지어 위치시키기 시작했다. 별에서 은하로, 은하에서 은하계로, 은하계에서 성단으로....

그리고 우주의 모든 것들이 하나로 이어질 수 있도록 우주선을 연결했다. 그것은 심장에서 나온 피가 동맥으로 오장육부로 팔다리로 모세혈관으로 흘러갔다가 다시 심장으로 돌아오듯이 조물주에서 나온 기운이 우주로, 성단으로, 은하계로, 태양으로, 각 별로 흐른 후 마지막에 다시 조물주에게로 돌아오도록 하는 기운의 선이었다. 우주의 어느 곳도 그물처럼 쌓인 우주선에서 떨어져 존재할 수 없을 것 같았다.

"지구는 조물주께서 생물이 탄생할 수 있는 별로 선택한 별이란다."

출처: 당신이 지구별에 여행 온 이유/김혜정 저/수선재

내가 누구인지 궁금하다면? 내가 태어난 이유와 이렇게 고통을 겪고 또 즐거움도 겪으면서 살아가는 이유, 내가 해야 할 일이 무엇인지 궁금하다면?

이 질문은 드디어 나의 영혼이 독립을 위한 준비를 시작했다는 증거이며 그 만큼 내가 성장했다는 것을 알려줍니다. 사실 우리는 일장춘몽 꿈속에 사는 것일 지도 몰라요. 진짜 나의 이름과 진짜 나의 모습을 잊고, 이번 생에서의 나의 모습이 진짜라고 생각하면서. 이제 나로부터의 진짜 여행을 시작 할 때라고요.

이 책을 읽는 당신이 바로 그 여행자입니다. 세상에 우연이란 없어요. 우연이라고 보여 지는 것도 사실은 수많은 스침이 쌓여 우연을 가장하여 당신에게 찾아오는 것이거든요. 성공한 인생은 이름을 알리는 것도, 돈을 많이 버는 것도, 세상에 근사한 기부를 하고 대단한 변화를 일으키는 것보다, 그런 것도 물론 훌륭한 일이기는 하지만 이 모든 것이 자신을 찾고, '자신이 누구인지' 깨달은 후에 의미가 있는 것들이라는 것을. 진짜 자신이 누구인지를 잊고 살아가는 것만큼 슬픈 일이 어디 있을까요?

삶에서 중요한 것은 먼저 <u>삶을 즐기는</u> 일이라고요. 삶을 살지 못하고 준비만 하는 사람들이 있어요. 그 목표에 도달할 때까지 준비만 해요. 그런 삶은 현재는 없어요. 삶을 사는 일은 자체가 목적이고 과정인데 삶이 다른 목표의 수단이 되는 것이지요. 삶에 있어서 목표가 필요하고, 주변을 정리해야 하고, 무엇보다 자신을 사랑할 수 있어야 하며 자신이 가장 하고 싶고 보람을 느끼는 일을 발견해서 그 일을 하면서 살면 된답니다. 그것이 나를 이 세상에 내어준 '분'의 마음에 가장 가까운 것이 아닐까? 하는 생각이 들어요.

하지만 또한 삶은 영원한 것이 아니에요. 누구에게나 삶을 마무리 하는 순간이 와요. 하지만 죽음은 두려워할 것이 아니라 계절이 변화하는 것처럼 자연스러운 일이에요. 그 것으로 끝이 아닙니다. 열매가 떨어지고 나면 씨앗으로 남아 다음 계절을 준비하듯 죽음은 영생으로 들어가는 하나의 탄생이지요. 크게 보면 인생이란 보람 있는 삶과 아름다운 마무리로 요약되어요. 지금 당장을 그렇게 살지 못하더라고 점차 이런 방향으로 나아갈 수 있도록 자신의 삶을 만들어 나가면 돼요.

지구의 인류

고대에 살았던 지구 사람들은 동물이든 식물이든 겉으로 보여 지는 형태만 다를 뿐 모두 같은 존재라고 생각했습니다. 지구에 존재하는 것들은 모두 한 뿌리에서 나온 형제라고 여겼던 것이었죠. 그때에는 하늘과, 자연, 인간이 서로 분리되지 않은 상태였습니다. 서로 연결되어 있다고 믿었기에 죽을 때에는 '돌아가셨다'라고 표현했던 것입니다. 그리고 북두칠성과 북극성이 동이족과 관련이 깊은 별이라고 생각했었죠. 한국의 문화를 보면 우주와 관련 깊은 것이 많습니다. 색동저고리, 오방색으로 장식한 음식, 오행의 원칙에 따른 건축물 등, 이런 것들은 모두 우연히 생긴 문화가 아니라 우리 민족이 우주와 관련이 높다는 것을 알려주는 것입니다.

과거에는 환경오염이 지금처럼 심하지 않았고 사람들의 생각도 복잡하지 않아서 하늘의 메시지를 비교적 쉽게 받을 수 있었습니다. 영적인 부분도 많이 드러나 있었지요. 그렇기에 하늘과 자연, 인간이 서로 연결된 존재이며 한 형제와 같다는 것은 '그냥 몸으로 알았습니다.' 하늘에 제사를 지내는 행위, 우리가 돌아온 곳이 하늘이라고 믿는 것, 그리고 자연물을 숭배하고 자연을 아끼려는 마음, 어려운 이웃끼리 도우면서 사는 마음은 본래 인간이라면 당연히 가졌던 마음입니다. 하지만 문명이 발달하고, 물질에 마음이 가려지면서 하늘, 인간, 자연 관계에 분리가 일어났습니다. 서로 연결되어 있다는 존재로 보지 못하고 대상으로 바라보기 시작한 것이죠. 한 가지를 얻으면 한 가지를 잃는 것이 지구의 법칙입니다. 그 결과 인간 소외가 일어났고 환경이 파괴되면서 현재의 상황을 맞이했습니다.

한편, 문명의 발달이 나쁜 것만은 아닙니다. 사람들의 의식 수준을 높여주었고, 과학이 발달하면서 생활권이 넓어졌습니다. 기술은 사람과 사람 사이를 이어주었고, 과거에는 고향에서 한 발자국도 나가 본 사람들이 많았다면 이제는 전 세계를 누비면서 사는 사람이 많아졌습니다. 우주여행까지 계획하고 있는 현대인들인데요.

다만, 이제는 예전처럼 지구의 한정된 자원을 파괴하면서까지 문명을 발달시키는 것이 인간에게도 좋지 않다는 것은 깨닫게 된 것 같아요. 문제는 얼마나 빨리 그것을 실천하느냐 인가에 달려있지요. 그리고 잃어버린 인간의 영성을 회복해야 해요. 종교를 말하는 것이 아닙니다. 그것은 생명체를 존중하고 생명체 또한 나름의 역할을 가지고 진화하고 있다는 것을 인정하고 아껴주는 마음입니다. 그리고 내가 이렇게 살아갈 수 있는 것에 대한 감사하는 마음을 말합니다.

각자 자신의 인생을 걸어가면서 해결해야 할 과제가 있고 삶이 있겠지만 현 지구를 살아가는 사람으로서 공통으로 가져야 할 책임의식이라는 것이 있습니다. 정치, 경제 분야 등의 산적한 문제들이 있겠지만 가장 시급한 것은 근본을 잊지 않는 것입니다. 그것은 앞서 얘기한 대로 존재하는 생명을 존중하는 마음, 감사하는 마음, 그리고 행동하는 것입니다. 그렇게 다시 지구를 아름다운 초록별로 만드는 것이 현재의 우리들에게 남겨진 과제입니다.

지구별 졸업생과의 인터뷰

수십 명이 들어찬 실내원형극장, 무대 중앙에는 소파와 테이블, 물 컵이 놓여있다. 사회자(염라국판관/나) 마이크를 잡고 무대 중앙으로 나오자, 무대 조명 따라다니면서 그를 비춘다. 무대 뒤에는 대형 화면에 지구별과 우주 다른 별에서 접속한 우주인들, 지구인들 얼굴 한 명씩 비춰준다.

사회자: 안녕하십니까, 여러분!

객석+화면: 안녕하세요!

사회자: 오늘 이 자리에 함께 해 주신 분들 감사합니다. 이제는 지구별에도 인터넷이란 것이 발명되어서 이렇게 한자리에 있게 된 것이 기쁘네요. 감격스럽습니다.

에....., 저희 염라국에서 지구별 졸업생들과 재학생, 그리고 입학을 앞두고 있는 여러분들께 <지구별, 이렇게 하면 잘 졸업할 수 있다!> 라는 주제와 함께 이번 '대담회'를 마련했는데요, 귀한 기회이니 만큼 졸업 선배들에게 여러분들이 그 동안 하고 싶었던 질문, 가감 없이 해 주시길 바랍니다.

혁명가로 살다

사회자: 첫 대담자로 모실 분은, 지구에서 한 때 혁명가의 삶을 사셨다고 하죠. 현재 이름은 '온초'라고 하는데요, 그 때의 삶 속에서 배운 것들, 느낀 것들을 나누고 싶다고 하셔서 이 자리에 모셨습니다.

여러분, 큰 박수로 모시겠습니다.

객석에서 박수소리 흘러나오면, 단단한 체격에 건장한 몸을 한 사람 객석으로 걸어 나온다. 키는 180cm 정도 되어 보이는 남자. 오늘을 위해 지구에서 입었던 복장(카키색 군복)을 하고 나왔다.

사회자: 반갑습니다. 지구에서는 혁명가로 사셨는데 고향별로 돌아가신 지금은 무슨 일을 하고 있나요?

온초: 하하하! 안녕하세요. 글쎄요, 관점에 따라 비슷한 일을 한다고 할 수 있겠네요. 저는 이곳에서 군수물품을 담당하고 있습니다.

사회자: 군수물품을요?

온초: 하하, 걱정 마세요. 이곳에서의 전쟁은 지구와는 다릅니다. 지구의 전쟁이 약탈과, 힘겨루기 혹은 정복을 위한

것이라면 우주에서의 전쟁준비란 평화를 위해 존재하지요. 이곳에서는 전쟁에 대비해 놓는다는 것 자체로 전쟁 억제력을 가지는 것입니다. 우주에는 악한 존재들도 있습니다. 그들 중에는 과학 기술 역시 상당한 수준에 있어 이들에 대비한 방어로써 저의 역할이 꼭 필요하다고 할 수 있습니다.

사회자: 그렇군요. 님의 삶에 대해 몇 가지 얘기를 나누려고 합니다. 괜찮을까요?

온초: 제가 죽은 후 시간이 흐르면서 제 삶에 대해 오해된 면이 있습니다. 그런 오해를 풀 수 있는 기회가 되면 좋겠군요.

사회자: 네! 저도 그러기를 바랍니다. 님의 삶에 대해 지구에서는 현재 다양한 관점들이 있습니다. 어떤 이들은 영웅으로 칭송하고 어떤 이들은 악인으로 간주하지요. 하지만 모든 이들이 한 가지 사실에는 동의를 하고 있어요. 님이 많은 사람들의 마음에 깊이 각인되어 있다는 것과 님의 얼굴은 여전히 사람들의 가슴을 울린다는 것입니다.

님의 얼굴이 지구별에서는 T셔츠와 다른 물품들에 많이 찍혀 나오고 있어요. 제도화된 규칙이나 체제에 대한 젊은이다운 저항을 나타내는 아이콘으로 말이죠. 이에 대해 어떻게 생각하십니까?

온초: 기분이 나쁘지는 않습니다. 하지만 제가 평생 들인 노력이 이런 식의 결과로 나타나기를 원한 건 아닙니다. 제가 후대에 기억되기를 원했던 방식은 아니지요.

사회자: 어떻게 기억되길 바라셨나요?

온초: 인류를 도운 사람으로 기억되는 것이었어요. 제가 되고 싶었던 것은 세상을 보다 나은 곳으로 것이었죠. 저는 사람들을 깊이 사랑했습니다. 그래서 그들을 어서 도와야 한다는 긴박감이 있었습니다. 역사를 통해 저의 이런 면이 전해졌으면 합니다.

사회자: 후세 사람들은 님을 자유를 위해 싸운 투사로 기억하고 있어요. 반면 어떤 사람들은 님이 자신의 생각을 사회에 강제로 실현하기 위해 다른 사람들의 생명을 희생시켰으며, 이를 위해서라면 어떤 방법이라도 사용한 무자비한 인물로 여기고 있어요. 실제로는 어떤 분이셨나요?

온초: 저는 순전히 혁명가로 태어났습니다. 변화를 유도하는 것이 제 사명이었지요. 그것은 '선'과 '악'으로 양분될 수 있는 성질의 것은 아닙니다. 단순히 '용감한'이나 '무자비한'이라는 형용사로 설명될 수 있는 것도 아니죠. 그런 것들은 제 길을 가는 중에 보여주었던 여러 가지 특성일 뿐이니까요. 제가 하고자 했던 것은 인간을 돕는 것이었고, 당시 제가 해야만 했던 것은 싸우는 것이었습니다.

사회자: 님은 왜 지구별에서의 삶을 계획했나요?

온초: 저는 지구별이 고향이 아닙니다. 우주의 다른 별에 살고 있죠. 모험을 좋아하는 성격이어서 한 곳에 오래 머물러 본 적이 없고, 우주 먼 곳까지 폭넓게 여행해 왔습니다. 어느 날 제가 살던 별의 선배들로부터 지구별을 도우라는 연락을 받았습니다.

제가 파견된 목적은 변화를 선동하기 위해서입니다. 단지 "불씨를 당기는 사람"이었던 것이죠. 보통 한 가지 특정한 역할을 수행하기 위해 파견되는 것으로서 한 번에 많은 역할을 수행할 수는 없습니다. 개인이 수백 년의 역사를 지닌 사회체제를 그것도 한 생에 어떻게 폐지할 수 있겠습니까? 하하하! 그런 사람은 인류 역사에 존재하지 않습니다. 아무리 위대한 인물이 있었다 할지라도. 심지어 현존했던 모든 종교지도자들도 세상을 바꾸지는 못했습니다.

계속 인류가 효과적으로 성장해나가기 위해서는 물질적 발전만을 향해 달려가는 것 보다 '균형'이 필요한 것입니다. 지구에서 물질에만 집착하는 삶의 형태가 너무 거대한 힘이 되어버렸고 저는 그 흐름을 바꾸고 싶었습니다. 기운의 불균형이 어떤 압력을 형성할 정도로 커지면 흐름의 방향을 바꾸기 위해 필요한 사람들이 파견이 됩니다. 그리하여 어떤 사람들은 변화를 선동하기 위해 보내지고, 어떤 사람들은 인류를 올바른 방향으로 이끌기 위해 보내집니다.

사회자: 항상 균형이 중요한 거로군요. 지구의 역사발전 과정이 물질적인 것으로만 치우치게 되자, 그 흐름을 조절하기 위해 지구별에 오셨던 것이군요. 그러고 보니 님은 어린 시절 천식을 앓았지 않나요? 이것이 당신이 의사가 되는데 결정적인 역할을 했다고 알려져 있습니다.

온초: 저는 기본적으로 열정이 넘치는 사람이었죠. 또 하고자 하면 끝을 보는 사람이었습니다. 그런 성향은 심장을 잘 흥분시켰고 천식 발작은 심장의 항진으로 말미암은 폐의 증상이었습니다. 그러니 천식은 제가 타고난 성향과 많은 관계가 있었습니다.

사회자: 그랬군요. 전투 중에 전사로서의 역할과 의사로서의 역할을 동시에 하셨지요. 전투가 소강상태일 때는 주변의 농민들의 병을 돌보아 줌으로써 인심을 얻었다고 하는데 님에게 전사로서의 차가움과 의사로서의 따스함이 공존하는 것인가요?

온초: 전사로서, 그리고 의사로서 모두 그 본질은 뜨거움입니다. 뜨거움이 없었다면 그 어떤 것도 잘 해내지 못했을 것입니다. 내 속에 뜨거운 불덩이를 안고 있기에 그들을 죽일 수 있었고 그들을 살릴 수 있었죠. 죽이고 살림의 본질은 같은 것입니다. 그것은 정의를 향한 뜨거운 열정이죠.

사회자: 자신의 역할이 무엇인지를 깨닫게 된 계기가 있다면요?

온초: 저는 어릴 적부터 제가 사람들을 도우려고 태어났다는 것을 알았어요. 의사가 되려고 공부함으로써 제 길을 찾으려고 노력했죠. 돕고 싶었어요. 그런데 공부를 하면서도 내적으로 완전한 느낌을 받지 못했어요. 안정감이나 만족감을 느끼지 못하게 하는 무언가가 있었죠. 아직 완성되지 못한 느낌이었어요. 이런 느낌 때문에 여행을 계획했던 것이었죠. 의대에 다닐 때 그리고 졸업한 뒤 시간을 내어 거의 남미의 모든 나라들을 여행했어요. 이 여행을 통해 제 역할에 대해 생각해 볼 수 있었죠. 가난과 불의를 직접 목격하면서 제가 정말로 해야 할 일이 무엇인지를 깊이 생각해 보았습니다.

사회자: 그 과정을 설명해주시겠어요?

온초: 처음 제 여행은 제가 속한 환경을 알아가는 과정이었습니다. 자연유산이나 문화유산, 나라들의 역사와 문화. 저는 지적인 사람이었고, 사람들에 대한 자연스런 호기심으로 모든 것을 흡수했지요.

당시 일기를 쓰는 습관이 시작되었고 관찰하고 생각한 것을 적어나갔어요. 마치 나는 왜 지구에 와 있는가, 주변 세상에 어떻게 대답해야 하는가? 라는 거대한 퍼즐을 풀기 위해 노력하는 것 같았습니다. 매일 일기를 통해 생각들을 정리해나간 것이 사고를 명료하게 하도록 해주었습니다.

자신이 뭔가를 찾고 있다는 것을 알았기에 일기를 쓰는 것이 중요하다는 것을 직관적으로 알았습니다. 제가 찾고 있던 것은 다름 아닌 제 역할이었다는 것을 차츰 깨달았습니다.

남미의 민중들이 살아가는 조건들을 보면서 점차 마음이 불편하고 괴로워졌습니다. 그리고 부유하고 게으른 주인들의 땅을 경작하느라 가난한 사람들이 등허리가 휘도록 일하는 것이 얼마나 불공정한 일인지 깨닫기 시작했어요. 그 불의가 제 가슴을 후벼 팠어요. 의술을 통해 사람들을 돕는 것으로는 충분치 않다고 느끼게 되어 그 이상을 하기를 원하게 된 것입니다. 이것이 제 깨어남의 시작이었어요. 완전히 깨어난 것은 여러 가지 경험을 많이 하고 불평등한 상황에 대해 감정적인 불편함이 지속적으로 자라나면서였지요. 우리가 태어난 삶의 목적을 찾아가도록 안내해주는 과정이 편안하고 즐거운 것은 아닙니다. 오히려 반대지요.

사회자: (고개를 끄덕이는) 의학도에서 혁명가로 변신하게 된 과정은 어떠했나요?

온초: 처음에는 의사가 되는 길을 찾기 시작했어요. 의학에 대한 지식 때문에 사람들을 돕는 일을 그런 식으로 할 수 있을 거라 생각했죠. 유명한 연구원이 되기를 꿈꾸었고, 제 능력 안에서 인류를 돕는 영웅이 되기를 꿈꾸었어요. 여전히 개인적인 성취를 먼저 생각하고 있었던 것이죠. 그런데 곧 남미의 정치적 상황이 팽팽하게 긴장되어 제국주의자들

이 공격적으로 변했어요. 이것이 저로 하여금 생각의 방향을 바꾸도록 자극했어요.

다음 수년 동안 자신을 보다 넓은 시야로 생각하기 시작했어요. 다른 사람들을 움직임으로써 정의를 보다 장대한 규모로 실현할 수 있는 도구로서 자신을 보기 시작했어요. 사회가 가진 거대한 병의 부작용만 치료하는 한 개인으로서의 노력은 별로 효과가 없을 것이라는 사실을 깨달았어요. 비록 제 의도가 선하다 할지라도 말이죠. 사회와 정부 차원에서 가진 근본적인 원인들을 캐고 들어가지 않는 한 아무런 진전이 없으리라는 사실을 깨달은 것입니다.

지속적인 효과를 가져 오기위해서 제가 판단하기엔 혁명을 일으키는 것이 필요했어요. 우리가 서로 협력하고 공동선을 위해서 함께 일하지 않는다면, 각자가 혼자여서는 아무런 가치가 없다는 것을 깨달았어요. 갑자기 제가 앞으로 무엇을 해야 하는지 볼 수 있었어요. 그것을 인식하자 아직 주변에서 본 적이 없는 혁명가가 되는 것을 목표로 하게 된 것이죠.

객석에서 질문이 있는지 손을 든다. 그에게 발언권을 주는 사회자

지구인: 함께 깨달아야 한다고 생각했기 때문인가요? 동료들에겐 글을 가르치며, '알아야 싸울 수 있다.'라고 하셨다고요?

온초: 저는 사람들을 이끄는 위치에 있었으니까요. 타인을 깨우려면 나부터 깨어나야 했어요. 깨어나려면 남보다 더 많이 알고 배우고 느끼며 깨쳐야 하잖아요. 제가 할 일이라고 여겼어요. 남보다 먼저 일어나 공부하고 남들보다 늦게 잤어요. 몸은 고됐지만 제가 할 일이었던 걸요. 어떤 일을 하게 되면 어깨를 짓누르는 책임감을 느끼게 되죠. 혼자면 편하게 있을 수 있지만 나를 믿고 따라오는 수많은 사람들이 있기 때문에, 책임감 때문에 그랬습니다.

지구인: 그렇군요. 그 책임감의 무게는 느껴본 사람들만이 이해할 거예요. 한 가지 민감한 질문을 해도 될까요? 지구에서는 님에 대해서 여러 가지 논란이 있습니다. 마르크스주의자였다는 말도 있고, 혹시 생전에 사회주의자였나요?

온초: 저는 '무슨주의자'가 아니었어요. 다만 결과적으로는 그렇게 비춰질 수 있었을 것 같네요. 지구는 아직 사회주의체제가 기능할 수 있는 곳이 아닙니다. 지구 인류의 영적인 수준이 훨씬 향상되어야 하지요. 그때는 아직 지구 수준이 사회주의를 이룰 수 있을 만큼 성숙되지 못했다는 것을 잘 몰랐습니다. 혁명을 하고 시스템이 바뀌면 변화가 올 거라고 믿었지요. 세상을 바꾸고 싶다는 바람이 너무 커서 인간의 본질적인 부분을 간과했던 것이죠.

하지만 제가 했던 일이 의미가 없었던 것은 아니라고 생각해요. 제 혁명은 그런 사회의 기초를 놓기 위한 것이었어요. 일을 하고 사회에 참여하는 동기가 물질적인 욕망 때문이 아니라, 개개인이 자신의 역할을 완벽하게 수행함으로써 전체에 책임을 지는 사회 말이지요.

사람들은 여전히 본능적 욕심만을 좇습니다. 하지만 그런 현상도 바뀌고 있습니다. 지구의 경제체제는 공동선을 위하여 바뀌어야 합니다. 저의 행동에 대해 결과론적으로 여러 가지 논란이 있다는 것을 알고 있습니다. 하지만, 결과에 선행하여, 저의 역할이 사람들의 마음속에 현재를 살아가는 자신들의 삶에 '의문'을 가지는 계기를 마련해주었다는 것을 알았으면 좋겠네요.

지구인: 님의 의도는 선했지만 궁금한 것은 혁명과정에서 많은 사람들을 죽인 것에 대해서는 어떤 마음인가요? 우주의 입장에서는 이를 어떻게 보는지도 궁금합니다. 인간적인 관점에서는 복잡한 마음이 듭니다. 예를 들면, 한 나라의 운명을 놓고 전쟁을 할 경우, 어쩔 수 없이 사람을 죽이는 경우도 있지 않습니까? 그런 것을 다 '악'이라고만 볼 수는 없을 것 같아요.

온초: 인간적인 관점에서는 희생된 분들에게는 굉장히 유감스런 마음을 가지고 있습니다. 저 역시 게릴라 전투를 통해 사람이 다치고 죽는 것을 보는데 이골이 났지만, 그전에는 공부만 한 의학도 샌님이었습니다. 그런데 어떻게 게릴라가 되어 정권을 전복시킬 꿈을 꾸게 되었을까요. 바로 꿈 때문입니다. 이 활동으로 나의 꿈이 이루어질 수 있

을 거라는 희망이 있었기 때문이지요.

우주의 관점에서 사물을 바라보게 되면 인간적인 '선악'의 판단은 흐려지며 다소 무의미해집니다. 고차원의 하늘에서 유일하게 의미를 가지는 것은 곧 '무엇이 가장 진화를 많이 시키는 가'입니다. 어떤 경험을 통해 그 사람이 얼마나 크게 깨달을 수 있는가? 인간, 지구, 나아가 하늘과 우주 영역에서. 판단의 기준이 지구 인간들과 완전히 다른 것이지요. 개인의 업이란 관점에서는 어떤 마음가짐으로 행동을 했느냐가 그 사람의 인과응보를 결정하는 요소입니다. 이것도 하늘의 기준이지요.

지구인: 님이 하늘의 허락을 받고 사람들을 죽였다고 하시는 것처럼 들리네요.

온초: 그렇지 않아요! 하늘은 꼭 필요한 사람을 보내신다고 말씀 드렸습니다. 영혼으로서 존재하는 동안 저만의 업과 인격을 쌓아 올렸는데 그 때문에 선발이 된 것이었죠. 자신을 진화시킬 뿐 아니라 지구에 기여할 기회로서 혁명가 역할을 수행하러 지구에 가는 데 동의했습니다. 제가 말씀 드렸듯 여기에는 긍정적인 판단도 부정적인 판단도 필요가 없습니다.

그 질문에 대한 정확한 답은 제가 드릴 수 없군요. 주어진 상황에서 목적이 수단을 정당하게 하는지 아닌지 알 수 있는 길은 그 상황에서 하늘의 뜻이 정확히 무엇인지 아는 것밖에 없습니다. 당사자의 의도가 정확히 무엇인지 아는 것 하고 말입니다. 그러므로 교과서적인 답을 하는 것은 불가능합니다. 모든 상황이 다르니까요. 사람들이 다르고 시기가 다르고 바람직한 결과도 다릅니다. 각 개인의 역할과 스케줄 또한 다르지요.

일반적으로 다른 사람의 생명을 빼앗는 것은 우주의 법도를 어기는 것입니다. 생명을 누릴 권리, 진화할 권리, 발전할 권리를 빼앗는 것이지요. 인간은 결코 다른 사람이 살아야 할지 죽어야 할지를 결정할 수 없습니다. 비록 자신이 그럴 수 있다고 생각하는 경우라도 말이죠. 하지만 하늘은 매 상황을 가까이서 지켜보고 계시며 필요한 경우 관여하십니다.

지구에 내려가서는 사람들을 돕는 동시에 혁명가의 역할을 하는 과정에서 사람들을 죽이게 될 것이라는 사실을 알았습니다. 저는 그런 역할을 수행하기로 동의하고 온 것이지요. 다수의 다른 사람들을 위해 해야 할 역할로 지정된 것이었기에 업을 그리 쌓지는 않았습니다. 제 경우는 그저 자신의 이기적인 이유로 다른 사람을 죽이기로 결정한 사람의 경우와 다릅니다. 사실 제가 죽인 모든 사람들이 죽기로 되어 있는 건 아니었습니다.

하지만 보다 넓은 관점에서 본다면 혁명은 항상 긍정적이며 필수불가결한 것이었습니다. 지구의 관점에서 보면 그리 아름답지 않게 보이더라도 말이지요. 비록 혁명이 실패

한다 하더라도 혁명은 긍정적인 것입니다. 항상 기운의 움직임을 만들며 사람들의 마음속에 보이지 않는 변화를 만들어내기 때문입니다.

혁명의 행위는 균형을 지키려는 과정의 일부입니다. 모든 것이 후진하는 것같이 보일지라도 원래 상황이란 겉으로 보이는 것만이 전부가 아닙니다. 전쟁과 폭력은 항상 선한 것도, 항상 악한 것도 아닙니다. 단지 진화의 측면에서 필요하거나 불필요할 뿐입니다. 모든 지도자는 자신의 마음을 다시 돌아볼 필요가 있지요. 자신의 마음속에 자신을 버려 세상을 구하고자 하는 마음이 있는지 말입니다. 그 마음이 없다면 그 어떤 것도 이룰 수 없습니다. 그것이 하늘을 울리고 세상을 울리는 것이거든요.

사회자: 알겠습니다. 보다 다양한 관점으로 이해할 필요가 있겠군요. 님은 혁명을 '새로운 인간'을 생성시키기 위한 인간 존재의 근본적인 변화라고 하셨는데 그것은 무슨 뜻이었나요?

온초: 저는 항상 새로운 사회와 새로운 인간을 꿈꿨습니다. 혁명을 통해 그것을 이루어가고 싶었고 이룰 수 있으리라 믿었습니다. 하지만 지금 와서 내리는 결론은 그것이 무력으로 가능하지 않다는 것입니다. 전쟁을 통해 수도 없이 자신을 버리지만 또다시 올라오는 것이 나태함이며 이기심이었지요. 저는 변해가는 것들에 많은 환멸을 느꼈습니다. 변해가는 세상, 변해가는 인간. 저만은 변하고 싶지 않았지

요. 내 속에서라도 완전한 인간을 찾고 싶었습니다.

사회자: 님을 처형하는 사람에게 마지막으로 남긴 말씀이 "겁쟁이, 쏴! 넌 그저 한 남자를 죽일 뿐이야." 라고 하더 군요. 정확히 어떤 의미로 그 말씀을 하셨나요?

온초: 제가 죽을지라도 제가 이미 심은 변화의 씨앗들을 없애지는 못하리라는 것을 알았어요. 육신의 저는 그저 제 몸뚱이에 불과한 것이 아니니까요. 제 몸은 한 인간에 지 나지 않았지만 몸을 입고 세상을 살아가면서 보여주었던 역할은 '혁명의 영웅'이었습니다.

사람들이 저를 선하다거나 악하다거나 하며 어떻게 판단하 든지간에, 사람들은 여전히 저를 알고, 제가 무엇을 대표하 는지 압니다. 아직도 제게서 영감을 받는 사람들이 있고 또 혐오하는 사람들도 있어요. 이 사실들은 제가 제 역할 을 충실히 해냈다는 것을 보여준다고 생각해요. 저의 이쪽 면을 보면 영감을 얻을 수도 있고 다른 쪽 면을 보면 혐오 감을 얻을 수도 있지요. 저는 사실 제가 위대한 혁명가라 고 기억되든, 티셔츠에 박힌 연예인쯤으로 기억되든 상관 이 없습니다.

다만 제가 사람들을 사랑했고, 더 많은 사람들이 평등하게 살아갈 수 있는 사회를 꿈꾸었고 그것을 실천하기 위해 노 력했던 진심을 이해해주었으면 합니다. 그것이 자신의 삶 에도 적용되어 실천으로 발현되어 이루어진다면 더 바랄 것이 없어요. 지구에 있을 때도, 여기에 있는 지금도 저의 뜻은 하나입니다. 더 나은 사회를 이루기 위한 투쟁입니다.

사회자: 그 진심은 진정이었다는 느낌이 듭니다. 그래요, 지금에 와서 지구에서의 삶을 돌아 보신다면요?

온초: 한 마디로 판타스틱 했습니다. 하고 싶었던 일들을 원 없이 했고, 원 없이 사랑했으며, 원 없이 치열했습니다. 그것이면 된 것이죠. 더 이상 바랄 것이 없습니다. 저의 임무를 할 만큼 했고 아직도 저를 사랑하고 그리워하시는 분들이 계시니 그 분들의 가슴에 제가 영원히 살아있을 것입니다.

사회자: 하하, 알겠습니다. 감사드립니다. 오늘 대화 무척 즐거웠습니다. 님의 역할에 최선을 다해주셔서 감사하고 님의 역할에 충실해 주셔서 감사합니다.

온초: 저도 이렇게 오랜 만에 지구별에서의 이야기를 하다 보니 예전 생각도 나고, 흥분도 되고 그러네요. 초대 해 주셔서 감사합니다.

장애인으로 살다

사회자: 지금까지 온초님의 말씀 잘 들어보았습니다. 여러 분들에게 드리고 싶은 말씀은 오늘 모신 분들의 답변을 반드시 옳다고만은 생각하지 말라는 것입니다. 그 분들이 지구에서 자신들의 역할과 공부를 하는 데 있어 어떤 과정을 거쳤고, 그것들과 진심이 되는 과정이 어떠했는지, 또 소우주와 같은 존재인 한 사람의 인생을 한 마디로 우리가 '어떻다'라고 정의내릴 수 있는 성질의 것은 아니라는 것을 알려드리고 싶어요.

자, 많이 기다리셨는데요, 최대한 다양한 분야의 분들을 모시려고 했습니다. 이번에 모실 분은 장애를 이겨내고 작가이자 사회사업가등, 다양한 활동을 하면서 사람들에게 영감을 불러일으키는 역할을 했던 분을 모시려고 합니다. 따뜻한 인사 부탁드립니다.

사회자의 안내에, 하얀색 원피스를 입고 눈부신 웃음을 한 여인이 무대 위로 올라온다.

사회자: 안녕하세요. 반갑습니다.

여인: (환한 웃음을 보이며) 안녕하세요.

사회자: 지금, 기분이 어떠신가요?

여인: 조금 떨리기도 하고 긴장되지만 기분은 좋습니다.

사회자: 네 알겠습니다. 지구에서는 작가이자 사회사업가이셨는데 현재는 어떤 일을 하고 계신가요?

여인: 지구별을 떠난 지금 저는 비슷한 일을 하고 있어요. 사람들의 마음이 올바르게 나아가고자 할 방향으로 갈 수 있도록 돕는 역할 이예요. 쉽게 말하면 교육에 필요한 것을 기록하고 편찬하고 있어요. 우주에서도 역시 작가활동을 하고 있다고 할 수 있겠네요.

사회자: (웃으면서) 한 번 작가는 영원한 작가로군요. 님이 지구의 삶을 계획하고 온 이유는 무엇 때문 이었나요?

여인: 저는 사람들에게 희망의 힘을 알려주고 싶었어요. 제가 눈이 안보이고 귀도 안 들리는 장애를 가지고 태어났던 이유는 장애를 통해 인간 사회의 구조적 모순으로 소외된 사람들을 대변하여 인간의 가치란 외적인 조건이 아닌 올바른 가치관에서 나오는 거라는 것을 알려주고 싶었는데 행동으로 보여주고 싶었어요.

사회자: 약자의 입장이 되고, 사람들의 아픔을 대변하는 역할을 하셨는데, 쉽지는 않았을 것 같습니다.

여인: 절망의 나날들이 없었다면 거짓말이겠지요. 결과적으

로는 잘 되었지만 힘든 적도 참 많았답니다. 하지만 돌이켜보면 역시 인간이 자신의 잠재력을 발견하고 발휘할 수 있을 때는 역경을 딛고 일어설 때라는 것을 느꼈어요. 저도 지나고 보니 이렇게 가볍게 말할 수 있는 거지만 한창 힘들 때에는 온갖 생각이 다 들었지요.

고통에 대해 말씀 드리고 싶어요. 고통은 고난 속에서 진하게 느낄 수 있는 감정이지요. 너무 슬프고 피하고 싶은 감정이지만 이 감정을 대처하는 자세에 따라 우리는 다른 차원으로 나아갈 수 있게 되지요. 퇴보할 수도 있고 진화할 수도 있고요.

달리 생각하면 고난의 강도가 셀수록 깨달음의 기회도 커지는 거더라고요. 그래서 고난과 깨달음은 동전의 앞뒤처럼 함께 따라다녀요. 지금 내가 너무나 힘든 시간을 보내고 있다면 '나는 깨달음에 가까워지는 중이다'라고 생각해 보세요. 사실 자신을 지탱해 주는 것은 거대한 명제가 아니라, 삶 속에서 발견하는 위로, 따뜻한 말 한 마디, 가까운 이의 애정 어린 조언이 큰 힘이 되기도 하잖아요.

사회자: 맞습니다. 지구에서의 삶을 생각하면 확실히 작은 것들에 의해 지탱된 것들이 많았던 것 같네요. 그러나 하필이면 왜 고통이 인간이 진화하는 데 필요한 걸까요?

여인: 하하, 왜 그럴까요? (생각하는...) 인간은 몸과 영으로 이루어진 존재잖아요. 몸은 물질이고 영은 마음이죠. 몸

은 시간이 지나면 시들고 사라지게 되어 있어요. 물질이니까요. 남는 것은 영이에요. 그것이 자신의 실체라고 할 수 있지요. 영을 진화시키기 위해 육신을 입고 지구에 태어나는데 물질이라 할 수 있는 몸에 영이 갇히게 되면 영은 몸의 통제를 받게 되요. 이때부터 몸은 외부의 환경에 민감하게 반응을 하면서 자신을 보호하기 위해 본능적인 움직임을 하게 되죠.

사회자: 본능적인 움직임이라면?

여인: 외부의 강 자극에서 고통을 받으면 여기서 벗어나고 싶잖아요. 이때 우리는 두 가지 선택을 할 수 있어요. 하나는 몸의 방향이고 다른 하나는 마음의 방향이에요. 몸의 방향이란 몸은 물질이기 때문에 이에 지배를 받게 되면 판단의 기준이 물질적인 기준이 되어버려요. 돈이 없어 불편하다면 돈이 없는 고통에서 벗어나기 위해 돈을 벌기 위해 노력을 하겠죠.

이런 사람에게 인생의 판단기준은 돈이죠. 그런 사람들은 돈을 많이 버느냐 적게 버느냐에 따른 이익을 크게 생각할 것이고 이에 따라 마음을 움직이겠죠. 반면 마음의 방향을 선택할 경우 사람은 돈에 가치를 두기보다는 양심에 가치를 두겠죠. 그렇게 되면 몸은 좀 불편할 수도 있으나 정신적으로는 편안할 수 있을 거예요.

말하다 보니 제가 좀 가르치는 것처럼 들리죠? 죄송해요.

다만, 몸을 벗게 되고 지구의 삶을 멀리서 이렇게 바라보니 삶의 진실이 더욱 잘 보이게 된다는 것을요. 저도 그곳에서 살아갈 적에는 번뇌에 빠지기도 하고 삶을 비관하고 그랬답니다. 이렇게 멀리서 바라보면서 성찰한 것들을 전달해 드리면 여러 분께서 낭비하는 시간이 줄어들지 않을까 하는 마음에 제가 하는 얘기가 다소 교훈적인 내용처럼 들릴 수 있다는 점 이해해주시길 바라요.

객석: 아닙니다! 잘 듣고 있습니다. 오히려 고마워요.

사회자: 정상적인 육체의 기능을 가지고 나온 사람들의 경우 장애인이 겪는 고통에 대해서는 잘 모를 수 있어요. 단지 좀 불편하겠다는 마음이 일어나는 정도일까요. 눈이 보이지 않는 고통은 어땠는지요?

여인: 호호호! 그건 어렵지 않아요. 당장 체험하실 수 있어요. 딱 10분만 눈을 감고 밖에 나가보세요. 그럼 제가 느꼈던 눈이 보이지 않는 고통, 아니 공포를 느끼실 수 있을 거예요.

사회자: 그, 그런가요? 그럼 이 곳에 함께 보이는 분들 저와 함께 10분간 눈을 감아볼까요?

사회자와 객석, 모두 눈을 감는다. 정적 속에 10분이 흘러가고……10분이 지나고 눈을 뜨면 여인이 말을 한다.

여인: 아무것도 보이지 않는 암흑의 세계에서는 혼자 할수 있는 것이 별로 없죠. 보이지 않는 것의 가장 큰 고통은 보이지 않는 다는 사실 보단 혼자 할 수 있는 일이 많지 않다는 거예요.

누군가에게 의존할 수밖에 없으므로 저는 저를 도와준 사람에게 늘 고마움을 느꼈죠. 한편 마음 한 구석에는 미안한 마음도 있는 거죠. 도와준 사람에 대해선 항상 마음의 빚을 지게 되죠. 이런 일은 독립된 인격체로서 견디기 어려웠어요. 누군가에게 의존하는 것은 도와주는 사람뿐 만아니라 그 도움을 받는 사람도 실은 힘든 일이랍니다. 그래서 저는 그 빚을 갚기 위해 많은 사회활동을 했어요. 나의 눈이 되어준 사람들의 시간과 에너지를 헛되이 쓰고 싶지 않았기 때문이에요.

사회자: '나의 눈이 되어준 사람들의 시간과 에너지를 헛되이 쓰고 싶지 않았다'라는 말이 가슴에 박히네요. 그렇게하는 것도 쉽지 않은 데 말이지요. 혹시 장애가 님에게 가져온 긍정적인 측면이 있나요?

여인: 눈이 보이지 않아서 얻게 된 것이란 사람을 보이는것으로 판단하지 않았다는 거예요. 3차원인 물질의 세계에서 눈을 볼 수 없다는 것은 3차원과 4차원의 경계 선상에서 생각할 수 있다는 것을 의미해요. 물질에 갇혀 있지만보이지 않기 때문에 보이지 않는 세계인 4차원의 감각을유지할 수 있었죠. 반면 들리지 않음으로 인한 고통은 없

었어요.

애초 듣는다는 것이 무엇인지에 대한 정보가 없었으므로 오히려 고요한 것이 정상인 것처럼 여겼으니까요. 대신 내면의 소리에 대해 잘 들을 수 있었어요. 보고 듣는 에너지를 줄일 수 있으니까 그 에너지를 감각에 모두 집중 시킬 수 있었지요.

인간은 사물을 보고 느끼고 생각하면서 판단을 내리지 않아요? 그러면 그 사물에 대한 고정된 이미지를 가지게 되죠. 문제는 사물을 바라보는 깊이가 얼마나 본질에 가까우냐 하는 것이에요. 제대로 본질을 보지 못한 상태에서 고정된 이미지로 사물을 판단하게 되면 이것은 자신을 성장시키는 데 도움이 되지 않아요. 사물의 속까지 들여다보고 판단하는 경우는 드물어요. 대부분은 겉만 보고 판단할 뿐이죠. 그리고 자신이 판단한 것이 옳다고 믿어 더 이상 성찰하려 하지 않습니다.

그런 점에서 저는 오히려 혜택을 받았다고 생각해요. 보이지 않고 들리지 않는 것의 장점은 방해 요인 없이 있는 그대로의 정보를 느낄 수 있다는 거였어요. 오로지 감각 하나로 판단을 하니까 더 정확한 정보에 다가갈 수 있었죠.

사회자: 살아가는 과정에 있어 자신의 장애를 어떻게 받아들이면 좋을까요?

인간에게 장애란 극복해야 할 과제 같은 거예요. 장애라는 것이 꼭 몸의 장애를 말하는 것은 아니고, 살아가면서 닥치는 모든 문제들도 장애라고 할 수 있죠. 극복해야 할 과제라는 것은 자신이 만들어 놓은 업을 말하죠. 그 업의 크기에 따라 장애의 몸을 가지고 태어날 수도 있어요. 이와는 다르게 공부의 목적으로 장애의 몸을 가지고 태어난 경우도 있지요. 공부하는 것은 진화의 조건을 말하고 이런 경우 장애를 극복한 경우 타인에게 상당히 긍정적인 영향을 끼치게 되죠. 저의 경우, 공부의 목적보다는 역할적인 면에서 장애의 몸을 가지고 나왔죠.

사회자: 공부로 인한 장애와 역할로 인한 장애는 어떻게 다른가요?

공부라는 것은 그 사람이 장애를 통해 배워야 하는 것이 있는 것이고, 그 배움을 익히면 한층 더 영이 성숙될 수 있지요. 역할에서 오는 장애일 경우 어느 정도 능력을 가지고 와요. 일정부분 발달이 된 상태에서 인간의 몸을 받고 태어나게 되는 것이죠. 또한 필요한 때 적시적소에서 조력자가 나타나 그 역할을 잘 할 수 있도록 도움을 주기도 하죠.

사회자: 생전에 당신을 도와 준 선생님이 있었나요?

여인: 네, 있었습니다. 그 분이 없었다면 저는 지구에서의 역할을 제대로 해냈을지 자신이 없습니다. 선생님은 자신

을 희생하실 줄 아는 분이셨어요. 본인 또한 불편한 몸이 었음에 불구하고 자신의 아픔 뒤에 저를 보호했죠. 저와 비슷한 경험으로 시각을 잃을 뻔한 아픔이 있었던 분이기에 저의 입장을 온전히 이해할 수가 있으셨죠. 제가 새롭게 태어날 수 있었던 것은 선생님 덕분이었어요. 인간이 인간다울 수 있는 것은 교육을 통해서 가능해요.

하지만 교육을 통해 무엇을 가르칠 수 있는가는 전적으로 가르치는 선생님의 몫이죠. 선생님의 역량에 따라 배우는 학생들의 수준 또한 달라질 거예요. 설리번 선생님은 단순히 지식을 전달한 것이 아닌 지식을 통해 사랑을 전달했던 것이며 그 사랑 덕분에 저는 세상을 사랑의 눈으로 볼 수가 있었던 것이지요.

교사는 지식을 전달하는 사람이 아니라 사랑을 전달하는 사람이어야 하잖아요? 지식만을 전달한다면 그것은 방편에 지나지 않죠. 아이들의 참고서 역할만 대신하는 것이기에 가치 있는 일을 한다고 볼 수 없어요. 훌륭한 교사란 내면에 사랑이 가득 차 말 한마디 손길 하나에도 사랑이 흘러야 해요. 사랑의 화신! 그것이 가르치는 사람의 조건이에요. 그런 사람을 선생님이라고 부를 수 있어요.

사회자: 선생님과 함께 한 배움의 과정은 어땠나요? 여러 가지 고비들을 어떻게 넘기셨나요?

여인: 앞이 보이지 않는 칠흑 같은 어둠 속에서 아무런 변

화도 일어나지 않는 것은 죽음과 다를 바 없는 세상이에요. 제가 세상에 대한 호기심이 없었다면 무슨 재미와 희망으로 살 수 있었을까요?

배우는 것이 희망을 의미했어요. 사실 배우는 것 자체가 놀이였어요. 장애로 인해 좋은 점은 감각이 발달했다는 것인데 저는 특히 단어가 주는 느낌에 민감했어요. 단어란 사물을 표현하는 수단이에요. 단어에 담긴 뉘앙스는 사물의 느낌을 표현하는 것이죠. 저는 단어를 통해 그 단어의 의미를 온몸으로 알 수 있었어요. 타인을 위한 이타적인 행위의 의미들에서 심한 전율을 느낄 수가 있었지요. 그 느낌은 저를 흥분시켰고 장애를 뛰어 넘어 세상을 향해 나아가게 만들어 주었죠. 제가 행한 것은 사랑이었으며, 사람들에게 전하고자 한 것은 희망이었지요.

사회자: 희망이라. 그 단어는 듣기만 해도 가슴을 설레게 해주는데요!

여인: 희망이란 삶을 살아가게 만드는 원동력이며 새로운 차원으로 넘어가는 고지의 정상 같은 것이죠. 사람들이 저에 대해서 기억하고자 하는 상징성은 희망이지만 저의 모습 자체는 언제나 만날 수 있는 절망 그 자체였어요. 이런 제가 희망의 끈을 놓는다는 것은 자신의 운명을 받아들인다는 뜻이며 이는 더 이상의 발전을 할 수 없다는 것을 의미해요. 저는 일생동안 제게 주어진 장애라는 운명을 극복하기 위해 노력했고 이로 인해 새로운 역사를 쓸 수 있었

어요. 제게 정해진 운명을 스스로의 힘으로 바꾸어 놓았죠.

인간이 태어난 목적은 진화랍니다. 너무 거창한가요? 이렇게 생각하면 좋을 것 같아요, 성숙해 지기 위해서라고. 몸을 입고 감정을 가진 사람은 자신이 겪는 여러 가지 사건을 통해 느끼고 성장하기도 하고 오히려 절망의 구렁텅이에 빠지기도 해요. '성장통'이라고 하지요? 깨달음을 얻기 위해서는 필연적으로 수반되는 것이 고통이죠. 고통을 극복했을 때 새로운 길이 열리고 의식이 성장하여 진화할 수 있어요. 그러니까 내가 괴로움을 겪고 있을 때는 그 길이 너무너무 힘들어서 때로는 죽고 싶은 마음도 들 수 있겠지만 그래도 그 때가 실은 자신이 제일 성장하고 있을 때랍니다.

인간은 태어나기 전 진화를 위해 겪어야 할 다양한 고통을 자신의 운명이라는 테두리 안에 포함시켜 놓았죠. 이 고통을 극복하면 스스로 그 운명의 틀에서 벗어날 수 있게 되요. 사람들이 저를 보고 고통 너머에는 새로움에 대한 희망이 있다는 것을 깨닫기를 소망해요. 기억하세요. 스스로 희망의 끈을 놓지 않는 이상 언제나 기회가 있다는 것을요. 살아있는 동안 만물과 교감하기 위해 노력하세요. 하지만 대부분은 보이는 면에만 관심을 가지죠. 보이는 조건에 따라 마음을 움직이니 그 조건이 사라지면 마음 또한 떠날 수밖에 없어요. 인간은 육신을 가지고 살아가기 때문에 육신은 보존하기 위한 수단적인 가치에 큰 비중을 둬요. 어쩔 수 없긴 하지만 너무 지나치지 않도록 균형을 잡아야 하죠.

육신의 보존 형태는 안락함과 편안함의 방법을 취하죠. 이는 시각, 후각, 청각, 미각, 촉각의 만족의 형태로 나타나요. 이 만족을 채우는 것에 인간은 가치를 부여하죠. 하지만 진정한 가치는 그런 것에 있는 것이 아니에요. 인간들이 교감하고자 하는 화려함 이면에는 그것을 탄생시키고 창조시킨 사랑이 있어요. 사랑이 없으면 창조가 불가능하고, 여러분들의 몸도 부모님의 사랑을 통해 만들어졌어요. 모든 만물에 배여 있는 사랑은 보이지도 만져지지도 않지요. 머리로 이해할 수 있는 것도 아니에요. 가슴으로 느끼는 거죠.

사회자: 가슴으로 느낀다. 그렇게 말씀 하시니 제 가슴도 따뜻해지는 것 같아요.

어떤 일을 하는 데에는 두 가지 계기가 있어요. 하나는 받음으로 인해 돌려줘야 하는 것이고 또 다른 하나는 결핍으로 인해 채우는 것이에요. 돌려줘야 하는 형태는 무형과 유형이 있는데 유형은 사업이나 기업 활동을 통해 얻은 수익을 다시 사회로 환원 하는 거예요. 무형의 것이란 사랑을 이야기해요. 내리 사랑이라고 하죠. 부모가 자식에게 주는 무조건적인 사랑처럼 자연스럽게 흘러야 하는 것을 말해요. 저는 제가 받은 조건 없는 사랑을 세상을 향해 돌려주고 싶었어요. 선한 영향력은 나도 그렇게 행동하게끔 주변을 전염시키지요. 조건 없는 사랑을 받았기에 저도 조건

없이 그 사랑을 세상에 돌려주고 싶었답니다. 자연스럽게 말이지요.

그때, 객석에서 한 사람 손을 들고, 질문을 한다.

지구인: 왜 우리들은 높은 자리와 낮은 자리, 잘난 사람과 못난 사람으로 선명하게 구별을 하고 그 속에서 기쁨과 슬픔을 느끼는 것일까요?

여인: 모든 것의 시작은 하나의 자리에서 시작하죠. 처음에 시작하는 하나의 자리가 바로 바닥이에요. 모두가 다 처음 자리인 바닥에서 시작해서 현재까지 있게 되고 또 끝을 향해 나아가는 거지요. 낮은 자리에 함께 서있을 때라야 인간은 하나가 될 수 있어요. 자신의 역사에 함께 하는 바닥의 자리, 처음의 자리를 망각한 채 현재 자신의 지위가 조금 높다고 해서 다른 이를 무시하고 차별을 한다는 것은 자신의 뿌리를 부정하는 것과 같아요. 인간에게 있어 낮은 자리란 처음부터 시작해야 하는 자리이며, 이 자리에서 자신의 살아온 인생을 객관적으로 볼 수 있어요. 그럼으로 자신이 저지른 실수나 과오를 수정해서 다시 나아갈 수 있는 기회의 자리이기도 하지요.

지구인: 그렇군요. 그렇담 높은 자리란 무엇을 의미하나요?

인간에게 있어 진정으로 높은 자리란 지위가 높고 낮음이 아닌 경험이 많은 자리를 뜻해요. 경험이 많음으로 이해의 폭이 넓을 수가 있는 것이죠. 높다는 것은 품어야 되고 살펴야 될 사람이 많다는 것이며 그 사람의 마음의 크기이기도 해요. 하늘이 인간을 높은 사람이라고 평가하는 것은 마음의 크기이며 수용의 능력이죠. 인간 세상에 차별이 있는 이유는 바로 다양한 경험을 하기 위함이며 이는 영의 진화를 위해서 어쩔 수 없는 것이랍니다. 차별을 경험해야 평등이라는 것을 알 수 있어요. 한 쪽으로만 치우친 경험은 영의 성장으로 보면 결코 좋지는 않은 것입니다. 그래서 극선도 나쁜 것이지요.

사회자: 아, 좋은 말씀이에요. 인간 세상의 불평등을 평등으로 만들고 개인 이기주의에서 벗어나 하나가 되기 위해서는 처음의 마음인 바닥의 자리 겸손에 대해서 알아야 되겠어요.

여인: 그렇죠. 바닥이라는 것은 아픔이에요. 처음에 시작한 설레임의 자리이기도 하지만 올라가다 떨어진 아픔의 자리이기도 하지요. 그럼으로 그 바닥의 마음인 아픔을 이해하면 상대를 알아 가는데 도움이 되고 서로가 하나가 되는데도 도움이 되죠.

차별은 사람들이 인위적으로 만들어 놓은 것입니다. 우주에서는 차이가 있을 뿐이에요. 피부 색깔의 차이 운동능력의 차이, 신체, 성격, 지능, 재능 등의 차이가 있는 것이죠. 인간을 백인종, 흑인종, 황인종으로 차이를 둔 것은 다양성에 대한 이해의 폭을 넓혀주기 위해서예요. 자신의 세계에 갇히지 않고 더 넓고 다양한 세계를 경험하고 사고의 폭을 넓혀주기 위해서이지요. 지구는 우주의 축소판으로서 모든 엑기스를 모아 둔 곳이에요.

지구에서의 경험은 후에 우주에서의 경험으로 이어지기 때문에 가급적 지구에서 많은 경험을 쌓아둔다는 것은 후에 우주에서 자신이 움직일 수 있는 활동의 영역을 넓히는 것과 같아요.

지구인: 차별은 우리가 인위적으로 만든 것이다. 알겠습니다. 혹시 장애를 가졌기 때문에 지상에서 사는 동안 힘들었던 점은 있다면요?

여인: 가장 힘들었던 점은 아무래도 나의 의지와 열정에 비해 따라주지 않는 몸을 극복하는 것이었어요. 저의 경우 어떤 일을 하고 싶어도 누군가를 통해서 할 수 밖에 없던 현실이 제 가슴을 아프게 했죠. 당장 힘들어 하고 고통스럽고 누군가의 손길이 필요한 사람들이 코앞에 있음에도 불구하고 그저 바라 볼 수밖에 없었어요. 항상 간접적으로 타인을 통해 마음으로 전달해야 했죠. 그래서 부족함이 마음 한 구석 늘 남아 있었고 때로는 그런 제 처지를 원망했습니다.

지구인: 그럴 때는 어떻게 하셨어요? 인간의 몸을 가지고 있는 이상 감정으로부터 자유로울 수는 없었을 텐데요.

여인: 하늘에 의지를 많이 했어요. 저는 눈과 귀가 닫혀있었지만 마음은 열려있어 하늘의 느낌을 알 수 있었습니다. 그리고 그 하늘이 제 가슴속에 살아 숨 쉬는 것을 느꼈어요. 마음속의 하늘과 많은 이야기를 하며 위안을 삼았습니다.

고개를 끄덕이는 지구인, 말을 이어가는 사회자

사회자: 장애를 가진 사람들이 힘들어 하는 것은 무엇입니까?

여인: 장애를 가진 사람들이 가장 힘들어 하는 것은 몸의 장애보다는 사람들이 가지는 '편견'이에요. 몸이 불편한 장애인이라 할지라도 사람은 같습니다. 그저 몸이 불편할 뿐이지요. 마음은 다 똑같죠. 하지만 사람들은 보이는 것으로 판단하다 보니 장애인들도 똑같이 생각하고 느낀다는 사실을 종종 잊어버려요. 몸의 장애보다 마음의 장애가 더 심한 불구지요. 장애를 가졌다는 것은 몸이 불편한 것이지 나보다 약하거나 못한 사람이 아닙니다. 같다고 생각해 주었으면 좋겠네요. 무엇보다 사회 분위기가 많이 바뀌어야 하겠지요.

지구인: 지적장애인은 어떻습니까? 정신연령이 낮아 사고를 깊이 할 수 없는 어린아이와 같은 사람들의 마음과 정상인이 느끼는 마음은 같은가요?

여인: 지적 장애인이라도 마음의 본질은 같은 것이에요. '사람 마음은 같다'라는 말이 있잖아요. 모든 만물에 한결 같이 존재하는 본성. 귀하고 천하고 동물이든 식물이든 살 아 숨 쉬는 모든 생명체에 머무르고 있는 본성을 보며 한 결 같은 마음으로 대해야 합니다. 생명에 대한 존중은 모 두에게 적용되는 것입니다. 그래야 중심을 잃지 않죠.

지구인: 중심을 잃지 않는다는 것은 무슨 의미인가요?

여인: 중심이란 중용을 의미해요. 본성의 자리이기도 하지 요. 편견을 가진다 함은 중심을 잃었다는 것을 의미해요. 치우친 의견이니까요. 그 사람이 처한 처지에 대해 상하, 전후, 앞뒤를 다 본 상태에서 제대로 된 판단을 할 수 있 어요. 사실 그런 식으로 상황이나 사람을 바라볼 수 있다 면 이 세상에 이해하지 못할 것은 없어요. 그렇게 된 데에 는 다 이유와 전후 사정이 있기 마련이거든요. 그러면, 결 과적인 것만 따져서 옳고 그름을 구별하기 보다는 공감을 먼저 하게 돼요. 공감을 하게 되면 상대방도 나도 긍정적 인 방향으로 변화하기 위한 노력을 하고 싶어질 거예요. 공감이라는 것은 우리가 서로 다르지 않다, 그리고 연결되 어 있다는 것을 느끼는 감정이니까요.

지구인: 당신은 생전에 당신에 대한 편견을 어떻게 극복을 했나요? 겉으로 드러난 모습으로 판단할 수밖에 없는 대중 들은 연예인이나 스포츠스타, 정치인, 예술인들에 대한 특 정 편견을 가지게 되죠.

여인: 제가 겪어야 했던 편견은 시각, 청각 장애를 극복한 슈퍼우먼에 대한 이미지였습니다. 장애인이라는 편견은 때론 지나친 동정으로 돌아왔지요. 저의 진정성이 사라지고 동정만이 남아 저와 뜻을 같이 했어요. 저 또한 인간인데 인간으로서의 제 참모습은 없고 언론이 만들어 놓은 강한 의지의 인간의 모습으로 살아야 했어요. 이것이 저의 장애에 대한 편견이고 제가 마주쳐야 했던 슬픈 현실이었죠. 드러난 모습으로 모든 것을 판단하는 대중들에 때로는 포장된 모습을 보여주어야 할 때도 있었어요. 참 싫었어요.

특히, 저처럼 장애를 가진 사람들이 나약한 모습을 보인다는 것은 바닥의 수많은 사람들의 희망을 꺾는 것과 마찬가지였어요. 그들은 자신들이 처한 현실을 저를 통해 보상받고자 했으며 따라서 제게 거는 기대가 컸어요. 사람들의 희망을 저버릴 수 없었어요. 그래서 그들을 위해서라도 저의 한계와 매일 사투를 벌여야 했어요. 저도 똑 같은 인간인데, 힘들 때도 있고 울고 싶을 때도 있다는 것을 아직 사람들은 받아들이지 못했어요.

운명이라는 것은 정해져 있기도 하지만 아니기도 해요. 인간 세상에서 기적이란 자신이 만들어 놓은 운명에 틀에서 벗어나는 것을 말해요. 이 또한 자신에 대한 편견일 수 있어요. 스스로가 행동에 대한 제약을 그어 놓으니 넘을 수가 없는 것이죠. "나는 장애인이니까 못해." "나는 할 수 없어." 이렇게 생각한다면 그 범주 안에 머무르게 되는 것이죠. 인간에게 한계란 없는 것이죠. 한계는 자신이 정해 놓은 생각의 틀이에요. 살아가면서 맞닥뜨리는 인생이란 장애물들은 자신이 넘어야 할 고비이며 이 고비를 넘었을 때 인간은 한 단계 도약이 가능해요. 쉽지는 않겠지만 자신에 대해 희망을 가지고 나아가는 삶을 살기를 바랍니다.

지구인: 저도 어딘가에서 읽었는데요, '사랑이라는 불꽃이 꺼지고 세상이 절망에 잠길 때 희망의 불꽃이 희미하게 빛나고 있어 다시금 세상을 일깨운다.'라는 비슷한 말을 들은 것 같아요. 희망이 없다면 우리가 무슨 낙으로 살까요? 님은 그런 역할을 해 주신 거군요. 감사합니다.

지구인의 따뜻한 말에 모두들, 마음이 몽글몽글 해진다. 우주인도, 지구인도, 염라국의 공무원(?)들도 하나가 되는 시간이었다. 잠시 쉬어가는 시간을 가진 후, 다음 대담자가 대기 하고 있다.

작가로 살다

사회자: 이 분은 20세기 전반에 지구에서 작가로 활동 하셨다지요. 뛰어난 작품을 많이 남겼고 노벨상을 수상했다고 하는군요. 안녕하세요? 이렇게 대화할 기회가 닿아서 기쁩니다. 당신이 지구에 남긴 뛰어난 작품들에 대해 존경을 표합니다. 하지만, 중요한 것은 재능이 아니라고 말하시네요.

작가: 제 작품을 높게 사주셔서 감사합니다. 하지만 재능에 대해하고 싶은 얘기가 있어요. 재능이라는 것은 자신의 가치나 장점에서 나오는 것이 아니랍니다. 그것은 우주를 진화시키기 위해 주어진 도구예요. 자신이 가지고 오는 재능이지만 타인을 위하는 것이기도 하지요. 그것이 자신에게 주어진 재능을 사용하는 방법입니다.

사회자: 그렇군요. 그러고 보면 재능을 가진 사람들은 그것을 세상에 쓰임이 되고 싶어 하더라고요. 어린 시절부터 음악 같은 것에 두각을 보이는 사람들도 있고요. 당신은 지구에서 그 재능을 어떤 식으로 활용했나요?

작가: 지구에서의 제 삶을 돌아보면 후회와 향수가 뒤섞인 감정이 올라와요. 사실 살아있는 동안에는 제가 가진 재능에 대해서 제대로 생각해 보지 못했어요. 글 덕분에 유명해지고 다른 많은 유명인들을 만났지만 유명세에 취했고,

벌어들인 돈으로 낭비하는 삶을 살았군요. 그래서 저는 지구별을 졸업하지 못했어요. 고향으로 돌아가지 못했죠. (한숨 쉬는) 자신의 삶의 의미를 알기위해서는 살면서 자신의 인생을 객관적으로 보는 노력을 해야 해요. 스스로의 모습을 거울을 비추듯 바라보고 그것을 다듬어 나가야 하지요. 하지만 저는 제 모습을 돌아보기를 거부했습니다. 순간의 즐거움에 취해있길 바랬죠. 사는 것이 너무 힘들었으니까요.

사회자: 이유가...있을까요?

작가: 남들보다 예민한 감수성과 많은 감정을 타고 났기에 제가 겪었던 일들을 쉽게 넘길 수가 없었어요. 잊어버리기 위해서 술과 여자에게 기대었답니다. 살면서 자신이 왜 세상에 태어났고 내게 왜 이런 재능이 주어졌는지에 대해 철학적으로 고민하고 어떻게 사용할 것인가에 대한 고민을 안 했던 것은 아니지만 현실의 괴로움 앞에 무너져 탐닉적인 방법으로 그것을 해결하려고 했어요. 하지만 매번 돌아오는 것은 허무함이었어요.

사회자: 감정을 많이 타고난 경우이군요. 사실, 지구에서 살면서 감정이 고통이 참 큰 것 같습니다.

작가: 저는 주변의 도움과 재능으로 일찍이 성공을 할 수 있었답니다. 하지만 그것이 독이 되어서 자만심에 빠졌어요. 금방 유명해지고 사람들이 제 작품들을 칭찬하기 시작

했지요. 다 제가 잘나서 그렇게 되었다고 생각했습니다. 여러 사람의 도움과 주어진 재능으로 가능했다는 것을 몰랐어요. 명성과 돈을 쾌락을 스스로의 즐거움을 위해 썼습니다. 지금 마음으로는 지구에 한 번 더 태어나고 싶습니다. 그때 제가 왜 그렇게 까지 밖에 못했는가에 대한 후회가 남거든요. 제가 지금 이 곳에서 느끼고 배우는 것들을 다시금 지구에 입학하여 제대로 활용하고 싶어요.

사회자: 그렇군요. 님은 어떤 이유로 지구에 오게 되었나요?

작가: 순수한 의도로 지구에 갔습니다. 전운이 감도는 그때, 세계가 부정적인 영향에 휩싸이는 것으로부터 벗어나는 것을 돕고 싶었거든요. 하지만 계획을 짤 때 스스로에 대한 자신이 지나친 나머지, 역할 50% 공부 50%로 어려운 스케줄을 계획해 버렸지요. 역할의 비율을 높였다면 좀 더 안정적으로 역할을 수행 할 수 있었을 텐데, 공부의 비중을 절반으로 높이는 바람에 아슬아슬하게 줄타기를 하다가 결국은 제가 하기로 했던 공부를 끝내지 못했습니다. 지금은 재수생의 신분으로 다시 태어나기를 바라면서 이곳에서 대기 중입니다.

사회자: 말씀은 그렇게 하시지만 당신이 남긴 저서들이 사람들의 마음에 영향을 주고 있습니다. 긍정적인 영향을 하신 측면도 많이 있습니다. 단 번에 지구별 공부를 끝내는 경우는 거의 없어요.

작가: 그렇게 말씀해주시니 고맙군요.

사회자: 그래서 말인데 님은 어떻게 자신의 재능을 다듬고 활용했나요? 당신의 글의 어떤 점이 사람들의 마음을 사로잡았을까요?

작가: 저는 언어자체보다는 언어 뒤에 숨겨진 감정이 사람들 마음을 건드릴 수 있게 했습니다. 글을 쓸 때에는 언어로 이미지를 포착하고 그 후에 감정을 실었습니다. 덕분에 독자들은 글을 읽으며 감정의 여행을 할 수 있었지요. 또 긍정적인 표현을 쓰려고 했습니다. 예를 들어 그녀는 못생기지 않았다라고 쓰는 대신 그녀는 아름다웠다. '비싸지 않다'라고 쓰는 대신 경제적이라고 썼고, 실수 없음 대신 '정확하다'라고 썼습니다. 긍정적인 쪽으로 언어를 사용함으로써 글을 읽는 사람들의 마음에도 긍정적인 이미지를 심어주려고 했어요.

생각과 언어를 단순화 하는 것은 효율적이고 진화된 의사소통 방식 이예요. 이런 방식은 에너지를 저장하고 오해를 방지할 수 있는 방법입니다. 소통할 때에는 어휘를 단순화하고 그 뒤에 숨겨진 이미지가 대신 말할 수 있게 하면 좋은 결과가 있을 겁니다. 이것은 사람들에게 영감을 불러일으키기 위해 제가 쓰는 방식이었습니다. 글이라는 것은 작가가 쓰는 것이지만 실제 이야기를 쓰는 것은 독자입니다.

각자의 영혼은 경험들로 이루어진 자료은행을 가지고 있습니다. 그렇기 때문에 같은 글이라도 어릴 때 읽었을 때와 30년 뒤에 그 글을 읽었을 때의 느낌이 다른 것입니다. 저는 사람들에게 무엇을 생각할지 말해주는 대신 독자의 내면에 어떤 감정을 불러일으킬 지를 계획했습니다. 이야기의 보이지 않는 부분을 통해서 말이지요. 즉흥적으로 글을 써내려 간 적은 없어요. 어떻게 해야 사람들의 마음을 움직일 수 있을지 세심하게 생각하고 글을 썼죠. 또 쓰고 난 뒤에는 군더더기 없이 빛을 발할 때 까지 글을 다듬었어요.

사회자: 각자의 영혼은 자신만의 경험으로 이루어진 자료은행을 가지고 있다는 말이 인상 깊어요. 그리고 보이지 않는 부분을 통해 말하려고 했다는 점도 매력적이네요.

작가: (살짝 미소 짓는) 좋은 글이란 말 보다는 어떻게 배열하는 지가 중요합니다. 어떤 것을 택하고 어떤 것을 생략하느냐하는 것을 말합니다. 생략된 부분도 사실은 치밀하게 계산 한 부분입니다. 이야기의 가장 미묘한 부분은 독자 스스로가 완성합니다. 작가는 말을 하는 대신 넌지시 암시만 줍니다. 풍부한 글은 사실 말로 끝내지 않고 독자가 상상할 수 있게 돕는 것입니다. 마음의 세계가 활발하게 작용을 할 수 있도록 돕는다면, 그 사람의 정신적 영역도 활성화 되어 진화를 돕는 결과로 나아갈 수 있게 됩니다.

형용사를 써서 독자로 하여금 어떤 이미지를 연상하도록 강요하지 않았어요. 대신 장면을 정확하게 보여줌으로써 독자가 그 일을 실제로 경험하는 것처럼 생각할 수 있게 했지요. 단순한 문장에서 복잡한 것들을 느끼고 독자 스스로 보이지 않는 부분들이 지닌 힘에 대해서 성찰 할 수 있도록 했어요. 이런 글은 사람들로 하여금 마음의 세계에 더욱 관심을 가질 수 있도록 돕는 역할을 했지요.

사회자: 그렇군요. 아까 스스로의 재능에 대해 낭비하셨다고 하셨는데 이야기를 듣고 보니 글을 쓰는 것에는 진지하셨던 것 같아요. 그리고 사람들에게 좋은 영향을 주기 위해 많은 고심을 했던 것이 느껴져요. 다만, 전쟁의 상처가 너무 깊었던 것 같네요.

사회자: 제가 지구에 살 당시에는 하늘에서 가지고 온 재능을 써서 작가가 되었으면서도 자신의 역할에 대해 명확하게 인지하고 있지 못했습니다. 명확하게 인지했더라면 그런 식으로 삶을 마무리 하지는 않았을 텐데. 사실 아무리 역할 때문에 지구에 오게 된다고 하더라도 지구에 들어오는 이상 전생의 기억은 모두 망각되고 저도 다른 사람들과 다를 바 없이 삶을 살아가야 합니다. 제가 살았던 때에는 지구에 전쟁이 한창 이었고 저도 여기에 참전하고 마음의 상처를 얻었지요. 그 상처가 너무 깊어 술을 마시기도, 여자에게 기대기도 했지만 어느 곳에서도 마음의 위안을 찾을 수 없었어요. 사실 스스로 극복해야 했던 것인데 정서적으로 늘 기댈 곳을 찾았지요.

사회자: 전쟁은 어떤 식으로 사람들의 마음에 상처를 남겼나요?

작가: 전쟁은 순수했던 젊은이들의 마음에 상처를 줬습니다. 사람들은 대부분 선량하게 산다면 행복하게 살 거라는 믿음을 가지고 있었지요. 하지만 전쟁은 그러한 믿음을 송두리째 앗아가 버렸습니다. 착하게 살고자 하는 의지가 소용이 없다는 느낌이 들었지요. 그저 세상을 자신의 손으로 움직이는 사람들이 결정 해 버리면서 수많은 순수했던 젊은이들에 안타깝게 전쟁터에서 목숨을 잃지 않았습니까?

기존에 세상을 지배하던 가치관이 무너져 내렸고 저를 비롯한 젊은이들은 정신적으로 기댈 곳을 잃었습니다. 저는 제가 새로운 가치관을 세상에 심어주는 역할을 해야 하는지 몰랐습니다. 왜냐하면 저 스스로가 많은 상처를 입었기에 '트라우마'에서 벗어나지 못했기 때문이지요.

하지만 고통은 또 다른 도약의 기회가 되기도 합니다. 이 고통을 어떻게 다루냐에 따라 사람으로서의 격이라고 해야 하나요 성숙해지는 정도가 비약적으로 달라집니다. 고통을 글이나 예술, 인간으로서 품위를 보여주는 방식으로 승화를 시킨다면 그것은 깨달음으로 가는 지름길이겠지요, 하지만 그 시도가 늘 성공하는 것은 아닙니다. 절망의 구렁텅이에서 헤매고 원망하는 시간도 분명 존재해요.

사회자: 지구에서의 삶을 돌아보면 어떤 점이 제일 괴로웠습니까?

작가: 제 인생을 돌아보면 제가 너무 풍부한 감정을 타고 났던 것이 괴로움을 삭히는데 어려움을 주었어요. 그래서 순간적으로 고통을 잊어보고자 선택했던 방법들이 결국은 저를 깨어 있게 하지 못했지요. 맑은 상태로 세상을 바라보지 못했고 저를 바라보지 못했어요. 삶은 고통스러웠습니다. 그것은 늘 참고 견뎌야 하는 것이었지요. 그래서 화가 나기도 했어요. 나는 즐겁게 살고 싶은데 왜 삶은 나를 고통스럽게 하는 것인지. 그 감정을 글로 승화시켜 표현하는 쪽으로 썼다면 좋았을 텐데, 그러지를 못했군요.

저는 제가 가진 수많은 감정들을 겪고 순화시켜 그것을 예술로 승화시키는 법을 사람들에게 알려주고 싶었어요. 그것이 제가 지구에 오기 전에 계획했던 것이었죠. 하지만 감정을 극복하는 것은 너무 힘들었습니다. 감정이라는 주제로 지구에 오는 분들은 난이도가 높은 공부코스를 선택한 사람들입니다. 그 만큼 배우는 것도 많지만 실패할 확률도 크다는 것을요. 왜냐하면 괴로움을 낱낱이 느껴야 하기 때문입니다. 저는 많은 정신적 감정적 고통을 타고 났으며 이것들을 극복하는 과정을 글로 남겨서 평범한 인간이 어떻게 성장하고 자신의 고통을 긍정적으로 승화시키는지를 보여주고 싶었답니다.

사회자: 사실 다른 여러 가지 고통 중에서도 마음이 괴로

운 것이 가장 힘든 것이지요.

작가: 저의 상황을 공감해주어 고맙습니다. 하지만 우주의 법칙은 완전한 자아의 책임감입니다. 풍부한 감정을 타고 났다는 것은 괴로움도 진하게 느끼지만 노력한다면 남들보다 풍부한 마음의 세계를 누릴 수 있습니다. 보통 사람들이 느끼지 못하는 것 보지 못하는 것을 느낄 수 있지요.

자유의지를 가진 만큼 자신에 대한 온전한 책임감이 주어집니다. 지구에서 저의 삶에 대해서 저는 책임이 있습니다. 왜냐하면 저는 중도에 삶을 포기했기 때문이지요. 인간의 자유의지가 얼마나 큰 변수를 낳는지를 이해해야 합니다. 자신의 임무를 가지고 왔더라도, 주변에 자신을 도와주는 사람들로 포진되어 있다고 하더라도 자신이 어떤 선택을 하느냐에 따라 임무를 수행할 수도 있고 그렇지 않을 수도 있습니다.

중도에 삶을 포기하는 것은, 자신이 계획하고 온 공부를 중도에 포기하는 것을 의미합니다. 그리고 제가 삶으로 인해서, 지구별 입학 순위가 밀려버린 영혼에게도 폐를 끼치는 것을 의미합니다. 자신의 삶은 자신의 삶으로 끝나는 것이 아니라는 것을 이해했으면 좋겠습니다. 우리가 지구에 태어나는 이유는 내가 이곳에 오기 전 보다 조금이라도 나은 곳으로 만들기 위해서입니다.

우주의 입장에서 용서할 수 없는 실수는 없습니다. 하지만 원인과 결과의 법칙, 인간의 업으로 자명한 그것은 절대로 변치 않은 것이라는 것을 알아주었으면 하는군요.

지금껏 자신의 삶이 자신이 바라보았을 때 바람직하지 못한 생각이 든다면 그런 자신을 너무 채찍질 하지 말았으면 합니다. 자신을 위로하고 그렇게 할 수 밖에 없었던 자신을 보듬어 주세요. 그리고 사랑해 주시길 바랍니다. 그렇게 스스로를 위로하고 안아주다 보면 마음속에서 긍정의 힘이 다시 피어오를 겁니다. 그러면 또 그 힘으로 나아가시길 바랍니다. 살아있다는 것 자체는 그것만으로 가능성입니다. 저는 현재를 살고 있는 여러 분들이 너무 부럽습니다.

사회자: 지금 하신 얘기가 현재 지구에서 삶을 살고 있는 분들에게 위로를 줄 거라고 생각합니다.

작가: 실제로 지구에서의 삶을 성공적으로 마치고 자신이 왔던 곳으로 복귀하는 경우는 사실 많지는 않습니다. 대부분은 생각지 못한 여러 가지 변수 때문에 혹은 삶의 고통을 극복하지 못하고 잘못된 선택을 하는 경우가 훨씬 더 많이 있습니다. 그러나 그 동안 사람들의 경험이 축적되고 그 만큼 더 성숙해졌기 때문에 이제는 지구에서의 공부를 마치고 고향으로 돌아가야 할 때입니다. 많은 사람들이 이제는 영적인 것에 관심을 가지기 시작했다는 것이 그 증거입니다.

제 글을 읽는 여러분들은 자신이 이 곳에 오기 전에 계획

했던 일이 무엇인지 생각하고 또 생각해 보세요, 그리고
저의 실패를 반면교사로 삼아 고통스러운 일이 닥쳤을 때
그것을 단순히 괴로운 일이라고만 생각하지 말고 어떻게
하면 상황을 긍정적으로 바꾸어 볼 수 있을지에 대해 집중
해 보세요. 답을 구하면 답이 내려옵니다.

억만장자로 살다

사회자: 지구에서의 삶이 궁금합니다. 인간이라면 누구나 갖고 싶어 하는 그 엄청난 부를 갖는 것은 스케줄만으로 가능했던 것인가요? 아니면 지상에서도 엄청난 노력으로 가능했던 부분인지 더불어 어떤 사명을 가지고 지구에 오셨는지가 말입니다.

석유왕: 저는 원래 우주에서 에너지 관리자였습니다.

사회자: 에너지 관리자였다고요? 우주에서 에너지 관리자는 지구에서의 에너지원과 어떻게 다르나요?

석유왕: 우주에서 제가 하는 일은 에너지를 만들기도 하지만 에너지를 돌려주기도 하고 각자의 에너지가 서로를 침해하지 않도록 조절하는 역할도 합니다. 지구에서 에너지란 소비되는 것에만 초점이 맞춰져 있습니다. 그러나 우주에서 에너지는 균형과 순환에 더 많은 비중을 할애합니다. 자연에서 온 에너지는 돌려줘야 합니다. 소비만 해서는 별의 에너지 균형을 깨뜨릴 수 있습니다, 지금의 지구처럼 에너지 고갈의 위험에 처해지게 됩니다.

사회자: 네. 요즘 지구의 모습을 보면서 실감나게 체험하고 있습니다. 원래도 그런 일을 하고 계셨나요? 아니면 지구에서의 삶 이후에 그런 일을 담당하게 되셨나요?

석유왕: 원래도 이 일을 했습니다. 지구에 가게 된 것은 임무를 받고 가게 되었습니다. 문명의 진화를 촉발시킬 흐름을 만드는 것, 그것이 제 역할이었습니다. 그 흐름을 하나의 방향으로 몰고가야했었죠. 당시의 인류는 모든 것이 전쟁으로 귀결되는 차원에 머물러 있었습니다. 문화와 정신을 발전시키는 쪽이 아니라 정복과 정복에 의한 팽창만이 존재하는 곳이었죠. 석유에너지를 개발함으로써 인류의 물질 발전을 촉발시키고 종국에는 에너지를 소비하는 차원에서 나아가 한 차원 도약하기를 바랐습니다.

지구인: 당신이 했던 그 역할에 대해 후손으로서 사실 할 말이 별로 없습니다. 알다시피 지구인류는 현명하게 에너지를 사용하지 못했거든요.

석유왕: 제가 초석을 마련했던 석유의 시대는 지났습니다. 그것은 소비만 하는 시대였지요. 이제는 에너지라는 것은 한정된 자원으로 소비만 해서는 안 되고 재생과 순환을 시켜야 하는 것을 인류가 깨닫고 새로운 시대를 만들어 갈 차례 입니다. 석유는 천천히 발달했던 문명의 발달을 가속화시켜 현재 끝으로 치닫고 있습니다. 인류는 나무에서 석탄으로 자연의 에너지로 충분히 삶이 가능했지만 그것이 없더라도 만족하고 살면 그만이었습니다. 하지만 석유의 발견은 인류를 산업화와 조직화, 세계화로 이끌었습니다. 국가 하나의 의식이 아니라 국가 간 협업과 세계를 하나로 묶어야 하는 당위성을 만드는 초석을 석유가 마련한 것이

지요.

사회자: 석유는 득과 실, 두 가지가 매우 분명하게 나타난 에너지원이로군요.

석유왕: 석유는 여러분이 풀어야 할 숙제입니다. 이것은 문명의 발달을 비약적으로 성장시켰지만 그로 인한 독을 가지고 있습니다. 다음 단계는 '어떻게 석유를 놓아버리는가.'입니다. 에너지라는 것은 한정되어 있고 소비만 해서는 고갈되기 마련입니다. 석유자원을 사용했던 인류는 지구 환경을 폐허로 만들어 놓았죠. 그렇다면 현재의 인류가 나아가야 할 길은 자명합니다.

사회자: 지구에서의 삶에 대해 여쭤볼까 합니다. 사업가인 당신은 아무래도 역시나 사업가였던 아버지의 영향을 많이 받았을 거라는 생각이 듭니다. 아버지와의 사이는 어땠나요?

석유왕: 그다지 (씁쓸한 미소) 좋은 관계는 아니었죠. 하지만 저의 인생의 방향은 아버지와의 관계에서 결정되었다고 보는 것이 맞습니다. 선한 사람들은 어머니에 대해서만 조명합니다. 어머니가 저의 성격에 지대한 영향을 준 것은 사실입니다. 하지만 말입니다. 그런 난봉꾼 행상을 아버지로 선택한 이유가 궁금하지 않으신가요? 부패와 협잡. 하하하. 아버지에게 배운 기술들입니다. 어머니의 영향만으로는 건실한 사업가로 끝냈을 겁니다.

아버지를 미워하면서 그 행동 하나 하나에 의구심을 가지면서 깨닫게 된 상도라는 것이 있었습니다. '수단과 방법을 가리지 않는다.' 아마도 저의 이런 상반된 행동은 사람들에게 논란거리를 제공해 주어 많은 생각을 던져줄 것입니다. 그리고 사람들은 자신이 어떤 길을 가야할 지를 선택해 주겠죠. 저의 역할은 선도 악도 아닌, 교재였다고 보면 좋겠습니다. 아버지는 도덕적인 의미에서 보자면 확실히 달랐어요. 아들에게 고리대금업을 했고 의사활동까지 하며 딴살림도 차렸으니까. 그럼에도 나에게 남겨준 가장 큰 기억은 '불가능한 것은 없다.' 라는 겁니다. 원하는 것을 하기 위해서는 오로지 목표에만 집중하고 가능한 모든 수단을 동원하라. 이것이 아버지와의 관계를 통해 얻은 가장 큰 수확이었죠.

사회자: 어머니와의 관계는 어땠습니까? 어머니는 당신에게 무엇을 가르쳐주었나요?

석유왕: 제게 신앙이란 삶의 의미였습니다. 모든 사람이 나에 대해 뭐라고 하더라도 절대 흔들리지 않고 그 일을 해낼 수 있었던 힘. 절대적인 기준. 그것이 제게는 하나님과 성경이었죠. 피도 눈물도 없는 기업가라는 소리를 들었지만 그 모든 일이 하나님이 예비하신 부를 내가 얼마나 지상에서 이뤄놓을 수 있는가가 모든 일의 초점이었습니다.

신앙적인 삶의 태도는 어머니에서 물려받았어요. 어머니와

아버지의 상반된 성격 덕분에 저는 균형이라는 것에 대해 배울 수 있었습니다. 아마, 한 쪽만의 성격만을 이어 받았다면 사업가라기보다는 협잡꾼에 가까운 모습이었을 테고, 또 어머니의 성격만 이어 받았다면 그 시대에 사업가는 될 수 없었을지도 모르겠군요.

사회자: 당신의 삶은 전반기는 부를 쌓기 위해 총력을 기울이는 삶을 살았다면, 인생 후반기에는 자선사업을 펼쳤지요.

석유왕: '부'라는 것은 에너지입니다. 에너지라는 흘러야 한다고 생각했습니다. 그래서 처음에는 수단과 방법을 가리지 않고 부를 모으는 것에 집중을 했지요. 하지만 내 나이 50이 넘어가면서 생각에 변화가 찾아왔습니다. 부를 모으는 과정이 공평하고 아름다운 것은 아니었습니다. 타인이 희생되는 측면이 있었지요. 그렇기 때문에 제가 모은 부에 대한 속죄하는 의미도 있었습니다.

사회자: 그렇군요. 돈은 에너지니까 흘러야 한다고 생각했군요.

석유왕: 맞습니다. 에너지라는 것은 흘러야 하는 것입니다. 그것을 오래 가두고 있으면 결국 쓰레기가 되어 버립니다. 그리고 돈에 대한 인식도 마찬가지입니다. 돈 자체는 선도 아니고 악도 아닙니다. 돈을 모으는 것 자체가 나쁜 행위가 아니라는 것입니다. 돈을 많이 버는 게 어때서요? 다만

돈을 모았다는 것은 그 만큼의 에너지를 세상에서 취했다는 뜻입니다. 그렇다면 다음 단계는 무엇일까요? 그것을 분배하는 일입니다. 자선 사업가가 되라는 뜻은 아닙니다. 하지만 자신이 세상에서 쓸 만한 충분한 돈을 벌었다면 이제는 그것을 흘려보낼 필요도 있지요. 그렇지 않으면 그 부, 즉 에너지는 제대로 쓰이지 못합니다. 그것은 법칙이라고요. 고여 있는 에너지는 결국 썩어 없어져 버리죠.

아까 제가 말씀 드린 것처럼 에너지를 단순히 소비만 한다면 그것은 에너지를 고갈 시키는 방향으로 나아가는 지름길이지요. 그렇다면 그 결과? 공멸이라는 결과를 초래하게 되겠죠. 하지만 그 에너지를 재생하는 쪽으로 돌린다면, 에너지는 계속 순환 할 것이고 그것을 얼마나 선한 방향으로 쓰냐에 따라서 재생은 물론, 더 큰 에너지가 발생하여 순환할 수도 있는 것입니다. 20세기가 새로운 에너지 자원을 발견하고 이를 소비하고 문명을 발달시키는 쪽으로 흘러갔다면 이제는 재생할 수 있고 순환할 수 있는 에너지를 만들어 내는 쪽으로 나아가는 것이 현재 인류에게 떨어진 과제라고 할 수 있습니다.

사회자: 돈, 돈이 무엇이기에 말입니다.

석유왕: 돈도 마찬가지입니다. 어차피 돈이라는 것은 써야 하는 것입니다. 시간은 변하고 에너지의 흐름도 변화합니다. 그런데 그저 소비하고 낭비하는 쪽으로 쓴다면, 그것은 재생되지 않겠지요. 이왕이면 재생산 되는 쪽으로 에너지

를 활용하고 싶었지요. 왜냐하면 저는 에너지 관리자였으니까요. 그래서 재단을 설립했던 것입니다. 재단이라는 것은 한 번 설립하면 그것을 운영하는 사람들의 마음이 선하고 열정이 있는 한 내가 죽더라도 계속 될 수 있는 것이니까 말이지요.

돈이라는 것은 그 자체로는 의미가 없는 것입니다. 그저 하나의 물질인 것입니다. 인간은 물질과 정신으로 이루어진 존재입니다. 생각해 보세요, 그토록 소중하게 생각했던 돈이지만 하루아침에 잃을 수도 있는 것이지요. 물질은 그런 것입니다. 하지만 당신이 일생동안 경험하면서 깨달은 것도 누구도 타인이 앗아 갈 수 없지요. 에너지는 나누고 순환되어야 하는 것입니다. 나누고 순환 될수록 절대로 고갈되지 않고 점점 더 불어나는 에너지 활용의 법칙, 그것을 깨달았으면 하는 군요.

지구인: '돈' 이것은 여전히 많은 사람들의 화두입니다. 당신은 어떻게 해서 그렇게 많은 부를 쌓을 수 있었습니까?

석유왕: 전에도 말했지만 돈은 에너지의 흐름입니다. 그 흐름을 볼 수 있다면 길목을 잡으면 되는 것이지 어려운 일은 아니지요. 그 흐름을 어떻게 볼 수 있는가가 문제랍니다. 물론 내 대화를 보는 사람들이 제일 궁금한 건 돈을 어떻게 버는 가이겠죠? 모름지기 부를 쌓기 위해서는 스케일 있게 물을 끌어당길게 아니라 수원에 가서 물을 퍼 올려야 하지 않겠소? 그게 지금 시대를 사는 당신들에게 주

어진 못입니다. 시대는 개척자를 원합니다. 내 생애 동안 당신들이 써야 할 모든 것들, 싸워야 할 모든 숙제를 만들고 지구를 떠났어요. 그리고 진화의 새로운 시대를 맞이하는 당신들. 이제 남이 만든 걸 이용하는 시대는 지났어. 새로운 개척의 시대가 온 거지. 즐거워하시란 말이지요!

사회자: 흠, 지구인들은 어떻게 생각할지 궁금하군요. 재단 이야기로 넘어가 볼까요? 당신이 설립한 재단은 악명 높은 사업가로 알려진 당신의 반면이라고 할 만한 면모인데요. 인생 전반에는 부에 집착하는 것처럼 보였던 당신이 재단을 설립한 이유가 뭘까요?

석유왕: 삶의 균형을 찾는 것이 필요했습니다. 저라는 사람 자체도 에너지이기 때문에 다른 곳으로 에너지를 돌릴 필요가 있었어요. 회사를 설립하고 이를 통해서 제가 하려고 했던 일은 완수했습니다. 그리고 내 생각을 이어 받은 많은 사람들로 회사가 돌아가고 있었기 때문에 더 이상의 간섭은 필요 없었지요. 시기상으로는 어머니가 돌아가실 때쯤 일겁니다. 어머니의 유언을 보면서 느끼는 바가 많았거든요. 알면서 실천하지 못했던 것들을 이제는 해야 할 시기라고 생각했지요. 어머니는 내게 균형점 같은 존재였습니다.

아버지에게는 어떻게 돈을 벌어야 할지를 배웠고 어머니에게는 내가 사업하는 목적을 잊지 않도록 하기 위한 장치였죠. 하지만 그게 유일한 이유는 아닙니다. 가장 큰 이유는 회의에 참석한 어느 날, 내가 한마디도 하지 않았는데도 내가 원하는 모든 이야기가 나왔던 날이었습니다. 사람들은 내가 말이 없자 불안해했지만 가장 행복한 순간이 바로 그 순간이었죠. 나는 회사에는 더 이상 할 일이 없었습니다. 그 때 어머니가 남기신 유언이 생각났고 그 일을 잘 해보기로 결심했습니다. 아직 어머니의 유언이 현실화 되도록 하는 사람은 많지 않았으니까요.

재단을 만들기 전에 저는 십일조를 내는 일을 할 수 있어도, 자선 사업이라는 것은 해 본 적이 없었습니다. 하지만 사업 원칙은 어디서든 적용을 해야 하니까 감당할 수도 없는 기부를 할 수는 없었어요. 돈은 버는 것만큼 쓰는 것이 중요한데 그런 능력을 세상에 보여주지는 않았지요. 그래서 기부를 했는데도 돈을 못 쓰고 있으면 이자를 붙여서 돈을 회수하기도 했었지요. 하하! 본인이 쓰지 못할 거라면 남에게 넘겨야지 그걸 들고 있으면 어쩌자는 겁니까. 그런 걸 보고 참을 수는 없었지.

사회자: 그 생각에는 동의합니다. 에너지는 유한한 것이고 자선 사업도 사업이니만큼 부를 정말 필요한 사람들에게 분배될 수 있도록 투자해야 그 효과가 더욱 커지는 게 아니겠어요? 이제는 당신의 어두운 면에 대해서 여쭤보도록 하겠습니다. 여러 사람들이 공격했던 부분이고 사실 이런 질문을 드리자니 좀 결례가 아닌가 합니다.

석유왕: 그렇지 않아요. 얼마든지. 나는 살았을 때 내가 했

던 일에 후회하는 것이 없습니다. 내가 세운 원칙을 지켰고 그 원칙은 도덕에 어긋남이 없었습니다. 나는 지구에서 사업가로 살았습니다. 그것은 석유를 통해 석탄으로 이끌어 가던 인류문명을 더 빨리 촉진시키는 데 있었습니다. 물질의 소비를 극대화하고 더 편하게 대량생산의 사회로 만드는 것이 내가 해야 할 일이었습니다. 그런만큼 인류는 성장하기도 했고 또 그 만큼의 해결해야 할 문제 또한 생겼죠.

나의 일생을 잘 살펴보았으니 내가 원했던 것을 알지 않습니까. 저를 두고 여러 가지 평가가 있겠지만 저는 세상의 왕이 되고 싶었습니다. 물론 사람을 지배하는 왕이 아니라 물질의 흐름을 장악하는 모든 것이 완벽하게 효율적인 사회. 어떤 부도 낭비되지 않는 세상. 그것이 제가 원하는 새로운 세상입니다.

그의 말이 끝나자, 화면으로 그의 이야기를 듣고 있던 한 지구인이 손을 든다. 그에게 발언권을 주는 사회자

지구인: 그 '효율성의 가치'를 선택했던 그 시대의 정신 때문 사람들이 삶을 상생의 방향으로 이끌어 가지 못하고 모든 것이 '가격'으로 결정되는 지금의 삶이 초래되었다는 것을 알기 때문에 당신과 대화 하면서 여러 가지 생각이 교차합니다. 마음이 썩 편하지는 않아요.

하지만, 당신의 행동이 지구 문명발달을 촉진 시키고, 우리

에게 교재를 남기는 역할을 했다고 하니, 반드시 선한 역할만으로 인류가 진화하는 것은 아니라는 생각이 드네요.

지구인의 말에 고개를 끄덕이는 사람들.

지구인: (말을 이어가는) 선과 악도 바라보면서 거기서 스스로가 어떤 길을 선택하는 것이 우리에게 남겨진 과제라는 것을 말이죠. 그러면서도 당시의 인류가 '석유'가 아닌 다른 에너지자원을 선택했더라면, 이를테면 수소 같은 것을 선택했더라면 후손들은 지금과는 다른 세상에 살고 있지 않을까? 하는 아쉬움이 밀려옵니다. 하지만 이제 그런 것들을 후회해 본들 무슨 소용이 있겠어요? 너무 늦지 않게 인류가 힘을 합쳐서 해결 할 수 있다면 얼마나 좋을까요?

석유왕: 역시 석유를 선택했을 것입니다. 그것이 가격 면에서 수소보다 쌌기 때문이지요. 이젠 인류에게는 위기가 필요하고 통합된 마음이 필요합니다. 내가 놓은 것은 그 초석이 되는 것입니다.

사회자: 어떤 초석을 말씀하시는지요?

석유왕: 석유. 석유는 생산 지역이 정해져있습니다. 모든 나라에서 나는 것이 아닙니다. 그렇기 때문에 석유를 이용하려면 세계가 하나의 시스템을 가지고 움직일 수밖에 없었습니다. 당시의 석유는 주류 상품이 아니었습니다. 작은

시작이었습니다.

사회자: 음. 당시에는 강도 재벌이라 불리는 사업가들이 다양한 상품으로 부를 축적하고 있었습니다. 그런데, 이 중에서 석유를 그 도구로 꼽은 이유가 있나요?

석유왕: 위에 이야기한 것과 같은 이유입니다. 하지만 말이오. 석유라는 것은 모든 것의 시작이자 끝입니다. 하나의 불꽃놀이 같은 겁니다. 삶을 시작한 생물은 모두 죽음을 맞이하지요. 죽은 그들을 이 시대에 다시 불러내는 것이 석유입니다. 오래 전 사라진 그들의 몸에서 나온 석유와 그들의 후손인 지구인들과의 싸움. 보이지 않는 전쟁은 계속되고 있습니다. 그러니 그 의미는 석유라는 에너지는 언젠가는 고갈 됩니다. 한정된 자원이기 때문이지요. 이 위기에서 벗어나려면? 재생에너지를 개발해야 합니다. 그리고 에너지를 순환시켜야 하죠. 제가 했던 반대의 방법으로 나아가야죠.

지구인: 당하는 사람들 입장에서는 썩 재미있지는 않군요.

석유왕: (어깨를 으쓱한다) 석유가 가져온 것은 많지만 내가 지구에서 사업가로 이룬 한 가지만을 이야기해드리죠. 석유는 지구문명을 촉진시키는 역할을 했습니다. 지구라는 곳은 선과 악이 반반으로 돌아가는 곳입니다. 지구 문명이 촉진 된 만큼 인류의 문화, 의식 수준이 올라간 점이 있는 반면 그 만큼 물질에 가려진 측면도 있습니다.

지구인: 예, 결국 그 석유 때문에 현재의 인류는 지구 온난화라는 위기를 맞이했습니다.

석유왕: 앞서 얘기했듯이 인간은 현재의 과정을 통해 절제와 중용을 배워야 합니다. 여러분이 알고 있든 모르든 지구라는 곳은 학교입니다. 인간은 지구라는 곳을 잘 가꾸어가야할 보호자로서의 역할이 주어져 있어요. 지금의 지구는 그 숙제를 그리 잘 해결하지 못한 것 같군요. 과도하게 소비하고 버릴 정도로 많이 생산하기 때문입니다. 기운이든 에너지든 자원은 모두가 유한하오. 무한 자원이란 것은 존재하지 않아요. 소비에서 재생, 순환하는 삶의 방식을 채택하지 않으면 그 결과가 어떻게 될지는 다들 알거라 생각하오.

사회자: 알겠습니다. 작금을 살아가는 지구인들 모두에게 해당되는 이야깁니다. 그저 편안한 마음으로 이야기를 들을 수만은 없었습니다. 많은 생각을 하게 하네요. 마지막으로 지구에서의 삶을 정리한 소감을 듣고 싶습니다.

석유왕: 후회는 없습니다. 제가 하기로 한 역할을 해 냈고 그로 인해 인류의 역사는 비약적으로 빨라졌지요. 먼 거리에 있는 사람들이 서로 만나기 시작했고, 인간은 가보지 못했던 곳을 여행하게 되었어요. 석유라는 에너지원이 있어서 드디어 인류는 지구의 구석구석을 알고 지배하게 되었지요. 그것이 제가 깔고 온 문제입니다. 그렇게 지구를

알게 된 인간은 지구의 지배가가 될 것인가 아름다움을 보존하는 관리자가 될 것인가.

나는 우주에서 지구를 지켜보고 있습니다. 지금은 에너지의 흐름이 과도하게 지배자 쪽으로 쏠려있지만 서서히 공존의 삶 쪽으로 흐름이 바뀌고 있습니다. 그러나 문제는 속도에요. 인류의 마음이 지구를 지키고 전 세계적인 협업체제를 이루어낼 수 있을지. 아니면 이대로 종말을 맞을지는 계속 지켜보도록 하겠소. 지구라는 학교에서 당신들이 해야 할 것은 이 문제는 무엇을 위한 것인가를 명확히 인식하는 것입니다. 다른 모든 시대와 달리 지금의 시대는 변혁기입니다. 그것을 반드시 이루기를 기원합니다.

지구인: 독과점이나 비용의 효율이라는 방법을 택하여 부를 일궈낸 당신이 낸 문제니까, 문제의 해결을 위해서는 반대로 나눔과 협조 체제가 답이겠군요.

석유왕: 항상 답은 가까기에 있는 것입니다. 제 삶을 통해 후인들이 배우기를 바랍니다. 그것이 문제를 출제하고 온 선생의 마음이니까요. 석유를 다루는 것, 에너지를 다루는 것 모두 답은 하나입니다. 물줄기를 관리하는 것도 그랬고. 모두에게 필요한 것은 모두가 함께 나누고 관리해야 합니다. 그것을 사욕을 채우는 데에 쓴다는 것은 이치에 맞지 않아요. 부라는 것은 에너지의 흐름입니다. 더 많은 에너지를 움직일 수 있는 사람에게 더 많은 부가 모이는 것 뿐. 그렇다면 다음 문제는 그 부를 어떻게 나눌 것인가 하는

것이 남아 있습니다. 에너지라는 것은 순환하고 흘러야 합니다. 고인 물이 썩는 것처럼 많은 부를 움켜쥐고 있으면 그것은 결국 썩을 뿐입니다. 에너지의 입장에서 그것만큼 원통한 일도 없을 것입니다.

말을 마치자 우주가 보이며 오른쪽에는 파란색 타원형 빛이 왼쪽에는 황금색 타원형 빛이 보인다.

당신에게 말해줄 것이 있습니다. 인류는 어느 쪽으로든 걸어갈 수 있어요. 양자 간에 선악의 개념은 없습니다. 오로지 선택이 존재할 뿐이지. 효율적인 측면에서 본다면 우리들이 지금까지 쏟은 에너지를 생각한다면 왼쪽 황금색의 미래를 택하기를 바랍니다. 그러나 푸른 색 문이라고 해서 잘못된 미래는 아닙니다.

오른쪽 문에는 푸른 색 원시림과 태초의 지구의 모습 같은 광활한 삼림과 황금빛 하늘이 보인다. 왼쪽 문에는 에너지 체로 변하여 우주를 바라보며 파장으로 일하는 인류의 모습이 보인다.

역사의 반복은 어려운 일이 아닙니다. 에너지 효율 차원에서 아쉬운 일이지만 새로운 시작은 그 나름대로의 의미가 있습니다. 차원 상승으로 열어갈 미래는 새로운 문명의 창조. 우주가 아직도 보지 못했던 새로운 미래의 창조입니다. 그래서 온 우주가 지구의 미래를 바라보며 마음 졸이고 있는 거지요. 지금처럼 에너지원으로서 갈등하며 살아가는 지구가 될 것인지. 아니면 우주에 새로움을 안겨 줄 진화의 새로운 방향으로 나아가는 롤 모델로서의 문명을 보여 줄 것인지. 그것은 당신들의 손에 달려있습니다. 무엇보다도 이 이야기가 하고 싶습니다. 내가 남겨두고 온 석유의 시대는 진화를 위한 초석입니다. 아껴 쓰지 않아도 좋습니다. 얼마든지 펑펑 쓰면서 새로운 세계로 진화하기를 기원합니다. 그것이 문제를 출제한 담임선생님의 마음입니다.

그는 떠나면서 지구인들에게 문제를 하나 내어주었다. 그것은 '에너지란 어떻게 써야하는가?'이다. 21세기 에너지 위기를 맞은 지구, 이를 해결하기 위한 답은 그의 삶에 나타나 있다는데 그것은 세계적인 협조체제 구축과 소비시스템에서 순환 시스템으로의 전환이라고 한다.

디자이너로 살다

사회자: 지구에서는 옷을 만드는 일을 했지요. 우주에서는 어떤 일을 하고 있나요?

에크란: 하하, 역시 의복관련 일을 하고 있네요.

사회자: 당신을 어떻게 부르면 좋을까요?

에크란: 이름은 상관없지만 현재 제 이름은 에크란이지요. 에크란이라고 불러주세요.

사회자: 에크란, 우주인들도 옷을 입나요?

에크란: 우주인들도 옷을 입어요. 지구인들처럼 치장하기 위해 입는 건 아니라 다른 목적으로 옷을 입지만요.

사회자: 흐음, 우주인에게 옷은 의미가 있지요?

에크란: 몸을 보호하기 위한 목적이 더 크죠. 장식적인 이유가 아닌, 기능적인 이유로 옷을 입어요.

사회자: 기능적인 이유라고 함은 무슨 뜻일까요?

에크란: 자신이 하는 일을 나타내 주기도 하고 일을 할 때

기적인 보호(나쁜 에너지로부터)를 받기 위해 입기도 합니다.

사회자: 그럼 모두가 똑같은 옷을 입는 건가요?

에크란: 그건 아니고 저희도 옷을 통해 각자의 개성을 표현하기도 해요. 하지만 지구에서 입는 옷에 비해선 단순하고 절제되어 있죠.

사회자: 지구인들도 몸을 보호하고 개성을 표현하기 위해 옷을 입는 것 같은데 아닌가요? 우주인들과 지구인들의 옷에는 어떤 차이가 있는 건지요?

에크란: 우선 활동이 자유로워요. 몸에 짝 달라붙거나 조여서 움직이거나 숨쉬기가 불편할 정도의 옷은 없고 편안하고 실용적이에요. 그러면서도 격이 있답니다. 대부분의 지구인들은 옷을 디자인할 때 스케치를 먼저 합니다. 소위 '패션 일러스트레이션'이라 불리는데 어떤 이미지를 떠올린 다음 거기에 인간의 몸을 맞추려 하죠. 몸이 옷에 구속이 되어 그 규격에 자신의 사이즈를 맞추기 위해 무리한 다이어트를 하기도 하고 스트레스를 받기도 합니다. 옷이란 게 왜 사람에게 부담주고 스트레스 주는 존재여야만 할까요?

저는 인간의 몸에 맞게 옷을 디자인하려고 노력하였습니다. 몸을 구속하지 않고 가장 편안하면서도 스타일이 있는 품격 있는 옷을 만들고 싶었죠. 제가 지구에 있을 땐 여자들이 치렁치렁한 드레스와 액세서리로 온 몸을 휘어 감고 걸을 때나 움직일 때 숨쉬기조차 불편해하는 걸 이해할 수 없었어요. 그럼 그 옷을 벗으면 되는데 왜 못하고 있나 답답했었죠. 그것도 하나의 틀인데 말이지요.

가슴은 꼭 드러내야만 남자들에게 섹시해 보이고 매력적이란 사고방식의 틀에도 갇혀 있었어요. 절제의 미학을 몰랐던 거죠. 실은 적당히 감춰야 더 신비롭단 사실을 알고 계세요? 제가 디자이너가 되고 싶었던 이유는 옷의 노예가 되고 관습의 노예가 되어서 그것이 여자로서 당연히 감수해야만 하는 숙명이라 여기는 분들에게 이젠 그만 그 무덤에서 나오라고 말해주고 싶었어요. 자유로워지라고요.

사회자: 그렇군요. 지금 와서 지구에서의 삶을 돌이켜보면 어떤 마음이 듭니까?

에크란: 모든 경험은 그 경험 자체로 소중해요. 제 삶에 대해 성공적이었다, 실패했다 단정 지을 수 없어요. 모든 사람들의 삶이 그래요. 자신의 삶에 통해 분명히 배운 것이 있을 테니까요. 사람들은 쉽게 한 사람이 이렇다 저렇다 평가하기도 하는데 어느 인생이든 한 가지 방향으로 결론이 나진 않는다고 말씀드리고 싶어요.

어떤 이들은 저에 대해 '일에는 성공하고 사랑에는 실패한'이라는 수식어를 붙이기도 해요. 제가 결혼을 하지 않고 독신으로 산 것에 대해 실패라는 단어로 표현하는데 그것은 어떤 관점에서 보느냐에 따라 이 '성공'과 '실패'가 뒤집어 질 수 도 있는 것이 아닌가 싶어요. 흔히들 아픔만큼 성숙한다고 하지 않나요? 저는 그 아픔을 통해서 내면의 성장을 하는 자신의 모습이 좋았어요. 다행이 제가 살던 시대와는 달리 요즘 지구에 살고 있는 분들은 이에 대한 의식이 많이 바뀌어서, 이전처럼 결혼여부에 따라 사랑에 실패했다고 생각하는 분은 거의 없지요.

제가 지구에서 삶을 살 때 했던 결정은 제가 내렸어요. 지금 와서 돌이켜보면 그것에 대한 후회는 없어요. 어떤 일을 선택할 때는 최대한 제 자신에게 솔직해 지려고 노력했고요. 솔직하지 않으면 지난 후에 후회가 남아 그것이 또 미련을 남기게 하거든요. 그렇다고는 해도 어떤 쪽으로 가던지 아쉬운 부분은 분명 있습니다. 하지만 한 번 결정을 내린 뒤에는 뒤돌아보지 말아야 해요. 그 곳에 쓸 에너지로 한 곳에 더 집중해야지요. 내 삶에 주인의식을 가지고 살아간다면, 자신이 결정한 일에 집중하고, 버린 것에 대해서는 빨리 잊어야 해요. 가벼운 마음으로 일상을 대하고, 닥쳐오는 일에 대해서도 가벼운 마음으로 넘기세요. 이것도 다 경험이다~하고 말이지요. 물론 쉬운 것은 아니지만요.

사회자: 아무리 일에 빠져서 사셨다지만 그래도 독신으로 살면서 외롭지 않으셨나요?

에크란: 당연히 외로웠죠. 하지만 제가 사랑했던 사람들은

다 저를 떠나가는데 제가 어느 누굴 사랑할 수 있었겠어요. 그런 최악의 상황에서 제가 얻을 수 있었던 진리는 무엇보다도 자신을 사랑해야 한다는 것이었습니다. 알겠죠? 무조건 자신의 편이 되어 주어야 하는 겁니다. 악조건도 기회로 삼아 오히려 더 발전할 수 있는 발판으로 딛고 일어서는 것이 세상을 살아가는 지혜라는 것을요.

대하기에 따라 모든 것은 종이 한 장 차이예요. 반 컵의 물을 보고 '반 컵밖에 안 남았네, 반 컵이나 남았네.' 하는 것처럼 어떻게 생각하느냐에 따라 그 결과는 극과 극입니다. 홀로 남아 눈물 흘리며 청승떨 시간에 '아무에게도 방해 받지 않는 혼자만의 시간을 자신의 가치를 높이기 위해 잘 활용하자'라는 마음가짐으로 세상과 싸워나가면 무엇이 두려울까요.

그것이 자신의 진정한 격을 높이는 방법이에요. 너무 교과서 적인 말을 했나요? 하지만 저는 정말 그렇게 되기 위해 노력했는걸요? 진정한 럭셔리란 격이 있어야만 합니다. 명품을 소유하는 사람들 또한 인격을 갖춰야 함은 물론이구요. 하지만 브랜드에 목을 맨다면 그건 그들의 허영심 충족을 위함이 아닐까요? 능력이 안 되는데도 갖기 위해 무리를 한다면 말이에요.

사회자: 하하 알겠습니다. 혹시 다시 태어나고 싶다는 생각을 해 본 적 있으신가요?

에크란: (웃으며) 아직까진요. 먼 훗날에 태어난다면 모를까. 지구는 참 특별한 곳이에요. 좋든 싫든 그 때의 삶을 돌이켜 보면 내가 어디에서 그런 경험을 할 수 있을까 싶어요. 그 만큼 많은 일들이 있었고 정신없이 모든 것이 돌아갔던 것 같아요. 제가 지구에서 살았던 시간동안 겪어냈던 세월들을 우주의 시간, 경험으로 비교해 보면 글쎄요. 우주에서 수 천 년 동안 겪는, 아니 겪을 수도 없는 일들을 최단기간에 경험할 수 있는 곳이거든요. 일종의 특별과외를 받는 곳이라고 할까요. 지금도 지구에서의 경험을 바탕으로 제 삶에 대처하는 방법에 있어 유연함을 갖게 된 것이 제가 지구를 방문했던 큰 수확인 것 같군요.

사회자: 그렇군요. 지구에서의 많은 경험이 유연성을 가지게 해 주었군요. 마지막으로 지구에 있는 후배들에게 해 줄 말이 있다면요?

에크란: 현재 지구에서 살고 있는 분들께 해 주고 싶은 말이 있어요. 자신의 삶은 자신의 것이랍니다. 의존적인 삶을 이어가고 있다면 독립적인 삶을 살도록 나아가기 위해 노력해야 해요. 그리고 과거의 생각이나 후회에서 벗어나 지금 현재에 집중하고요. 친구가 있고, 남편이 있고, 부모님도 주변에 있지만 결국은 인생은 혼자 걸어가는 길이잖아요. 자신을 책임질 수 있는 유일한 사람은 나 자신이라는 것을요.

사회자: 자신을 책임질 수 있는 유일한 사람은 나 자신이

라는 말이 인상 깊네요. 결국 자신을 가장 사랑해주어야 하는 사람도 자신이라는 말처럼 들립니다. 당신이 그런 삶을 살았지요. 말씀 감사합니다.

에크란님의 말을 들어보았습니다. 그녀는 지구에서 살 때에 여성들의 의복에 일대 혁신을 일으켰었죠. 그녀가 나오기 전에는 모두들 드레스에 치렁치렁한 의복을 입었다지요. 사람들을 해방시켜주려고 만든 옷인데 현재 지구인들은 의복에 자신을 가두고 있다고 하네요. 본의가 바뀌었다고 하면서요. 우주에서의 의복은 자신의 격을 나타내주고 몸을 보호해주는 의미가 깊다고 하는 군요. 이번에는 지구에서 가수로서의 삶을 살았던 분을 모시고 또 얘기 나누어보겠습니다.

가수로 살다

환한 미소를 띠고 우아하게 걸어 나오는 여인

사회자: 님의 얼굴에 웃음이 가득하네요.

가수: 그래요? 사실 이렇게 지구의 삶에 대해서 다시 얘기를 할 수 있다는 게 너무나 흥분되고 기대되거든요. 지구에 다녀온 지 얼마 안 되었지만 그 곳의 삶이 무척 그립네요.

사회자: 어떤 것이 그리운가요?

가수: 지중해의 에메랄드 빛 바다가 그립고 특히 무대에서 관객들과 함께 한 시간이 그립네요.

사회자: 생각만 해도 멋진데요. 지구에는 어떻게 오게 되신 거예요?

가수: 유학을 간 거죠. 제가 갖고 있는 능력을 지구에서 펼쳐보고 싶었으며, 우주의 발전된 문화를 나누고 싶었어요. 지구에 가고 싶었던 이유는 지구의 역동성에 매료되었다고나 할까요. 제 성향과 아주 흡사한 곳이죠. 급박하게 돌아가는 모습을 보면서, 저도 지구에 가고 싶다는 생각을 품고 있었어요. 기회가 되면 꼭 가고 싶다는 생각을 하고 있

었죠. 그런데 지구에 가기 위해서는 선발 과정을 거쳐야 했어요. 지구라는 별이 진화가 빨리 이루어질 수 있는 별임과 동시에 자유의지에 따라 자신이 계획한 스케줄에서 많이 벗어날 수가 있어서 위험요소가 많이 내재되어 있거든요. 그 말은 자신이 계획한 공부를 끝내지 못하면 복귀를 못한다는 이야기지요. 저와 함께 지구에 갔던 사람들이 아직도 공부를 끝내지 못하고 지구에 머물고 있거든요. 그만큼 지구에 가는 일은 많은 용기와 배짱(?)또한 필요한 일이랍니다. 고향에 돌아오지 못한다고 생각해 보세요 얼마나 끔찍한가요.

사회자: 지구에서는 음악을 하셨는데 지금은 어떤 일을 하고 계신지 궁금해요.

가수: 이곳에서도 예술분야에 종사하고 있어요. 우주에서는 예술이라고 하면 모두가 예술가이고 예술은 일상의 부분이지만 그 중에서도 조금 더 전문으로 다루는 사람들도 있어요. 저는 음악 분야에 종사하고 있지요. 온 우주에서 음악은 공통의 언어라고 할 수 있어요. 음악을 통하여 사람들을 위로하고 성장을 돕는 것이 저의 일이예요.

사회자: 음악의 어떤 분야인지 여쭈어도 될까요?

가수: 지구에서 한 분야와 동일해요. 전반적으로 음악에 관계되어 있고, 그 안에서 목소리를 통하여 연주하는 분야가 제 전문분야였지요. 그렇지만 편협하게 그 분야에만 한정

된 것은 아니었어요. 다만 전문성이 그 분야에 있었던 거죠.

사회자: 예술가로서의 삶을 사셨는데요, 삶 속에서 예술의 역할은 무엇인지 한 말씀 해주신다면?

가수: 희망이라고나 할까요? 삶을 계속해서 살아갈 수 있도록 힘이 되어 주는 거죠. 그리고 동시에 기쁨이라고 할 수 있을 거 같네요. 예술은 삶을 풍요롭게 만들고 내면을 들여다보고 대화할 수 있는 기회를 만들어 주죠. 예술은 인간에게 다양한 소통방식을 알려주지요. 그 소통의 대상은 자신이고 소통의 방법이 다양한 예술인 거죠. 음악, 미술, 문학 등 여러 방법이 있죠. 소통은 자신이 직접 하는 경우도 있을 것이고, 타인이 만들어 놓은 예술 작품을 통해서도 가능해요.

저는 오페라 가수로 활동했어요. 오페라는 드라마잖아요. 인생과 비슷해요. 인생은 하나의 드라마죠. 그 안에서 저는 주인공이죠. 자기 인생의 주인공이요. 극 전체로 볼 때 제가 주인공이 아닐 수 있지만, 제 인생에서는 언제나 제가 주인공이죠. 지구에서의 삶과 그리고 오페라에서의 삶을 통해서 저는 되도록 다양한 형태의 인간의 삶을 경험하고 싶었죠. 그 경험이 필요했던 것은 지구에서 다양성을 발하는 감정을 느끼기 위해서였어요. 평범하지 않은 가정환경과 어린 시절을 통해서 여러 감정에 대한 기본적인 체득을 했고 그를 바탕으로 무대 위에서 다양한 역할을 통해 그에 깊이를 더할 수가 있었어요. 사실 오페라는 제 일이 아니라 제 삶 자체였어요.

사회자: 님은 천상의 목소리 프리마돈나라는 호칭을 갖고 계신데요. 님이 부르는 노래는 단순한 음악에 그치는 것이 아니라 인간의 드라마를 보여주었고 관객들은 님의 음악을 통해 주인공이 느끼는 감정을 체험할 수 있었다고요. 이를 통해 님과 관객은 하나가 될 수 있었던 것 같아요. 일상에서 사람들은 소통의 부재로 인한 오해가 많은 거 같은데요. 님은 무대에서 관객들과 어떻게 소통을 잘 할 수 있었나요?

가수: (수줍어하는) 저는 세상과의 소통이 아주 서툰 사람이었어요. 어린 시절을 봐도 그렇고 성장을 하면서도 그랬고요. 부끄러움이 매우 많은 성격이었답니다. 그런데 무대에만 서면 관객과 하나 되는 느낌을 강하게 받았죠. 음악을 통해서 제가 관객의 마음을 보듬고 기쁨을 주었다기보다는 저 스스로가 무대에서 음악을 연주하면서 치유를 받았다고 할 수 있어요. 무대에서만큼은 온전한 저로서, 어찌 보면 벌거벗은 상태에서 저의 혼신의 힘을 다해 표현을 하였어요. 사실 스스로 자아실현을 할 수 있도록 제 앞에 와 주신 관객이 저를 치유하여 주셨지요. 연주를 하는 동안 저와 관객은 평상시에 습관처럼 갖고 있는 각자를 가두어 두었던 장막을 걷어내고 온전한 자기 자신으로 서로를 대하게 되었던 거죠. 한 수 가르쳐 드린 다기 보다는 소통이란 마음에 달려있는 게 아닐까 싶네요. 자신을 포장하거나

감추는 것이 아니라 자신을 있는 그대로 놓는 거죠.

사회자: 자신을 있는 그대로 놓는다고요?

가수: 아, 자기 사랑이라고 해야겠네요. 자기 자신을 있는 그대로 사랑하는 데에서 출발하는 거죠. 어떠한 모습이더라도 자신을 사랑한다면 그 모습을 다른 이에게 내보이는 데에 주저함이 없을 거예요. 어떤 모습이든 사랑스러운 자신의 모습이니까요. 다른 사람과의 소통이 어렵다면 그건 있는 그대로를 보지 않고 살짝 가려진 모습을 보기 때문이 아닐까요? 쉬운 일은 아니지요.

사회자: 쉽지 않지만 노력하면 가능할지도 모르겠네요. 예술가들은 풍부한 감수성 때문에 보통 사람들이 이해하기 힘든 세계가 있는 것 같아요. 그래서 외로우셨을 것 같아요, 당신을 이해해 주는 사람이 없어서.

가수: (빙그레 웃으며)그렇죠. 하지만 예술가뿐만 아니라 모든 존재는 자신을 이해해 줄 사람을 필요로 하는 거 같아요. 저 또한 그러했죠. 하지만 저는 음악 속에서 위안을 얻었어요. 음악이 제 가장 친구였으니까요. 대화를 할 수 있는 상대만이 친구라는 고정관념을 버린다면 자신을 이해해줄 존재는 주위에 가득하다고 하면 믿을 수 있겠어요? 예를 들어 어떤 사람은 말로 하지 않아도 집안에 있는 식물과 교감하고 있지요. 그런 의미로 저는 음악이 평생의 반려자가 되었던 것 같네요.

사회자: 생각을 바꾸어야 하는 군요. 남들처럼 살면 덜 외롭지만 자신의 기준에 따라서 살면 외롭기는 하겠지만 자유로울 것 같군요. 보통은 외로움을 사람으로 잊으려고 하잖아요. 그런데 식물이나, 예술 활동을 하면서 이들을 친구로 삼는 것은 참으로 높은 수준의 삶으로 보여요. 님은 음악이 삶이라고 했을 만큼 떼려야 뗄 수 없었던 관계였었지요. 음악은 님에게 어떤 의미였을까요?

가수: 음악은 제게 놀이이고 즐거움의 대상이었어요. 저는 몰입하는 성향이 강한 스타일이었어요. 일은 그런 저의 성향을 최대한 활용할 수 있는 제 삶의 큰 영역이었지요. 그 일을 통해서 제가 행복하고 주위를 행복하게 하였죠.

사회자: 어딘가에 몰입할 수 있다는 것은 어찌 보면 축복인 것 같아요. 하지만 지상에서 예술을 한다는 것은 단순히 예술에만 순수하게 몰입할 수는 없을 것 같아요. 예전에 했던 인터뷰를 보니, 상업성과 인기에 치중한 극장 측과 예술가로서 제대로 된 무대를 보여주고 싶었던 당신은 마찰을 빚었지요. 결국, 극장에서 당신을 해고 했고요. 예술가들이 마음껏 자신들의 세계를 펼치는 것은 그때나 지금이나 어려운거 같아요. 이에 대해서는 어떻게 생각하나요?

가수: 저는 어떻게 보면 참 제멋대로인 사람이었어요. 그리고 제가 하고 있는 음악에 대한 자부심과 자긍심이 확고했

었죠. 각자 자신의 분야에서 어느 면에서는 누구도 따라올수 없는 탁월성을 갖고 있게 마련이죠. 사업가로서의 면을더 많이 갖고 있는 극장 측의 의도는 충분히 이해는 해요.하지만 언제나 양측이 중간 지점을 찾아나가는 데 있어서는 협의의 과정이 필요하죠.

그리고 이해관계가 얽혀 있을 경우는 더더욱 그렇고요. 저는 음악을 전달하고 극장 측은 동시에 수익을 창출해야 하는 과제가 있었기 때문에 절충의 과정이 당연히 필요했던거죠. 하지만 서로가 공동의 목표인 음악을 사랑하는 대중에게 그 가치를 전달한다는 것을 잊지 않는 것이 중요한거죠.

사회자: 이익을 내려는 극장, 음악을 전달하고 싶었던 아티스트 모두 공동의 목표, '음악을 대중에게 전달한다.' 이명제를 잊지 않아야 되는 거네요. 이 점은 현재를 살아가는 지구인들에게도 시사하는 바가 큰 것 같아요. 단순히돈을 벌려는 것이 목표인가, 아니면 음악을 대중에게 전달하여 사람들에게 행복감을 선사하려는 의도가 더 큰 것인가. 양측이 조화를 이루기 위해서 서로 소통하고 '협의점'을 찾아가는 것이 중요하겠군요. 물론 일을 진행하는 과정에서 원래의 의도가 퇴색되는 일도 비일비재 하겠지요.

인간의 에너지는 한정되어 있기 때문에 양쪽을 완벽하게만족 시킬 수는 없어요. 선택과 집중을 해야 해요. 수익을내는 측면에서는 수익을 중요하게 생각하겠지만 방향성을 잃지 않아야 같은 목표를 향해 함께 나아갈 수 있겠지요. 어떤 것을 선택하느냐에 따라 그 쪽에 관련된 에너지가 점점 커지게 되지요. 많은 부를 축적하고도 더 많은 부를 축적하고 싶어 하는 이유는 돈 자체가 가지는 에너지의 속성 때문이기도 해요.

돈이라는 것은 물질이잖아요, 물질의 속성은 집착하고 모으는 성질을 지녔어요. 그래서 그것에 사람들을 얽매이게 하지요. 하지만 제가 하고 싶었던 음악은 사람들의 마음을 위로하고 정화하는 것이었지요. 돈의 속성과는 반대되는 방향이었지요. 그럼에도 지구에서는 몸을 입고 살아가야 하니까 물질의 역할이 무척 중요하지요. 이것 또한 간과할 수 없는 사실이에요. 살기 위해서는 먹어야 하고, 좋은 컨디션을 유지하기 위해서는 좋은 음식을 먹고, 좋은 곳에서 살 필요도 있었으니까요. 그리고 유명세도 필요했어요. 음악을 통해 관객들과 소통하는 것이 저의 일이었는데 관객 자체가 없다면 제가 제 역할을 할 수도 없는 노릇이니까요.

극장의 일을 하게 된 사업가도 어떤 인연이 있어서 음악에 관련된 일을 한 거지요. 단순히 돈을 벌기 위함이 목적이라면 꼭 음악과 관련된 일이 아니더라도 괜찮은 거잖아요. 그러니까 양측이 잊지 않아야 할 것은 '음악을 대중에게 전달한다.' 라는 뚜렷한 목표이죠. 단순히 음악가의 일만이 아닌, 그것을 더 많은 사람들에게 전달하기 위해 무대를 마련하고 음악가를 물심양면으로 돕는 것도 사업의 영역에 해당된다는 것을 말이에요.

사회자: 일이 놀이고 즐거움이라고 하셨죠. 현대에 그렇게 받아들이기는 쉽지 않은 개념인거 같아요. 일은 단순히 생계수단으로 받아들이는 경우가 많거든요.

가수: 안타까운 일이죠. 먼저 자신에게 즐거움을 주는 일이 아니라면 다시 생각해 볼 필요가 있어요. 자신이 즐겁지 않은데 어떻게 주위를 행복하게 만들 수 있겠어요. 자신을 사랑한 후에야 다른 이를 사랑할 수 있는 것과 같은 맥락에서 생각해 보실래요? 일이라는 것은 자신을 성장시켜 줄 수 있는 원동력을 제공하는 과정이에요.

일이라는 것이 꼭 저처럼 무대에 오르고 유명한 사람들이 하는 것이 아니라는 것을 알아주었으면 해요. 내가 하는 일이 세상에 도움을 주고, 기쁨을 주는 것이라면 어떤 일이든 보람을 느낄 수 있거든요. 꼭 밖에 나가서 일을 하는 것을 의미하지는 않아요. 그토록 중요한 과정을 헛되이 낭비한다는 것은 지구별에 태어난 이로서 직무유기라고 할 수 있죠. 현재 지구별에 살고 있는 모든 이들은 자신을 사랑하고 자신의 일을 통해서 행복하고, 그런 후에 다른 이들을 사랑하고 행복하게 할 즐거운 의무가 소명인 거죠.

사회자: 한 시대를 풍미했던 스타로서의 삶은 당신에게 어떤 경험을 하게 했는가요? 예술가들은 보통 자유로운 영혼을 가진 사람들이 아닌가 하는데요. 그러나 대중들은 당신

을 평범한 사람이 아닌 하나의 아이콘으로 바라보는데요. 그런 시선이 부담스럽지는 않은가요?

가수: 저는 사실 그런 시선을 즐기는 편이었어요. 대담함과 소심함을 동시에 갖고 있는 스타일이라고 할까요? 무대에 설 때마다 항상 떨리고 초조했지만, 무대에 서는 순간 모든 것이 분명해지죠. 무대에서만큼은 더할 수 없이 자유로운 예술가가 될 수가 있었던 거 같아요. 제가 무대에 설 수 있는 것은 대중이 있기 때문이니까, 너무나 감사하고 고마운 분들인 거죠. 나를 둘러싼 모든 것이 감사의 대상이에요.

사회자: 생전에 언론에 집중적으로 노출이 되셨지요. 그래서 마음고생이 심하셨을 거라고 생각해요. 연예인이라는 이유만으로 혹은 공인이라는 이유만으로 무조건적인 비난의 대상이 되는 경우가 많은데요. 이런 것들은 어떻게 해결이 되리라고 생각하세요?

가수: 연예인이나 혹은 연예인을 공인으로 보는 상대 모두가 인식의 전환이 필요한데요. 특히 연예인을 보는 관점이 변화해야 한다고 보죠. 그리고 연예인 스스로도 자신의 역할과 위치에 대한 생각이 필요해요. 대중에게 드러나는 삶을 살면서 짊어지게 되는 책임이 있다는 것을 알아야 할 거 같아요. 물론 꼭 자신이 선택을 하여 연예인이라는 공인으로서 활동하는 경우가 아닐 수도 있지만, 기본적으로 사회에서 생각하기에는 자신의 선택에 의해서 연예인을 한

다고 생각하니까요. 그렇다면 공인으로서의 책임을 받아들이고 이에 적합한 행동을 하는 것이 필요하다는 것을 받아들여야겠죠. 그리고 팬의 입장에서는 상대방을 공인으로서만 연예인을 보는 것이 아니라 자신과 동일한 익명성을 갖고 있는 존재로서 인식하고 대하는 예의가 필요하다고 봐요.

또한 어느 누구도 상대방을 평가하거나 비난하도록 자격을 부여받은 사람은 없다는 것도 인지해야 할 사실이라는 것을 알아야 할 거 같아요. 결국 서로가 자신의 위치를 인식하고 이해하는 노력이 필요한 것이죠. 모든 것이 일방적일 수는 없어요.

사회자: 모든 것이 일방적일 수는 없다. 그 말이 참 와 닿네요. 지구에서의 여행을 마치고 죽음을 맞이하던 순간은 어떠했나요?

가수: 삶이 쉽지 않다는 생각을 했어요. 자신의 감정을 조절하고 불필요한 내적인 감정 소모에서 벗어나는 것이 정말 어려웠거든요. 저의 죽음은 외로웠지만 한편으로는 마음이 홀가분했어요. 몸을 벗어나자 원래의 기억이 되살아나 저는 제가 온 곳이 어디였다는 것을 알게 되었어요. 지구에서의 삶을 마무리하고 내가 있었던 곳으로 간다는 것을 알았죠. 지구에 잠시 살기 위해 왔었다는 것도요. 그 순간 지구에서의 저의 삶이 한 편의 영화처럼 보였어요. 그 속에서는 어린 시절부터 성장하고 음악을 통해 자아를 실

현하고 대중을 행복하게 하는 저의 모습도 있었고, 사랑에 빠져 허우적대는 모습도 있었죠.

죽는 것이 괴롭지는 않았어요. 제가 온 곳이 어디라는 것을 알게 되었기 때문인 거 같아요. 그래서 조용히 지구에서의 삶을 마무리할 수 있었죠. 지구에서는 죽음이란 끝이라고 생각하는 경향이 있지만 우주에서 죽음이란 끝이 아닌 또 다른 시작이에요. 차원이 달라지는 것이죠. 이전의 삶에서는 몸을 입고 살았다면 이제는 육체를 벗고 본래의 제 모습으로 돌아가는 삶이 시작되는 거지요. 죽음은 두려움의 대상이 아니라 차원의 변화이며, 지구에서 자신이 어떻게 삶을 대했는지, 또 그 결과에 따라 죽음이후 자신의 격이 달라지기도 하고요.

사회자: 특별히 사랑에 대하여 지구의 여성분들에게 해 주고 싶은 말씀이 있다고요?

가수: 사랑이라는 주제는 지구에서 큰 의미를 갖고 있어요. 지구에서 여성으로 살아간다면 더더욱 관심이 많겠죠. 제가 지구에서 살았던 때에는 아직 여성들에겐 일과 사랑을 선택하라고 한다면 사랑에 손을 드는 경우가 대부분이었어요. 저 또한 다르지 않았어요. 노래를 하는 제게 있어 감정이라는 것은 항상 직면해야 할 숙제였어요. 제겐 그것을 표현해야 할 의무가 있었지요. 그랬기에 저는 상당히 감정에 충실한 사람이었어요. 여성들은 관계를 중요시하는 성질이 있어요. 그래서 일과 사랑이 있다면 사랑에 더 몰두

하는 성향이 있어요. 저도 그것 때문에 힘들었고요. 한 곳에 집중하면 몰두하는 성향이 있던 저에게 사랑이라는 감정도 집중을 하게 되자 나중에는 집착으로 바뀌었답니다. 그 당시에는 사랑의 감정이 전부였어요. 하지만 인생을 통틀어 본다면 일순간이라고 할 수도 있겠죠. 그 감정을 즐긴 게 아니라 집착하게 된 거죠.

그 당시에는 영원할 거라고 믿지만 격정적인 감정은 그리 오래 가지 않아요. 그 감정이 사랑의 감정이라고 규정짓는 순간 본인들이 믿고 싶은 진정한 사랑은 존재하기 어렵죠. 인간에게 있어서 감정은 큰 역할을 하죠. 자신의 삶을 어떤 방향으로 이끌어가는 원동력이라고 할 수 있죠. 그때 제가 겪은 사랑의 감정에 집착하지 않고 그 사랑의 감정을 저의 능력을 발휘할 수 있는 노래로서 풀어나갔다면 어떠했을까요? 아슬아슬했지만 경험을 통하여 일로서 표현할 수 있을 수 있었다면 좋았을 거라는 후회가 드는 게 저의 솔직한 심정이에요.

자신이 어떤 것을 끊임없이 추구하는 데 주어지지 않는 경우가 있죠. 그게 어떤 이에게는 돈이 될 수도 있고, 결혼이 될 수도 있고, 아이가 될 수도 있고, 그런데 경우에 따라 많이 차이가 날 수 있겠지만, 그것만을 보고 있기 때문에 자신에게 없는 부분만이 크게 보이는 거죠. 마음을 가라앉히고 자신을 보고 그리고 자신의 주위를 둘러보면 참 많은 것을 주셨다는 것을 알 수 있는데, 항상 부족한 것, 없는 것만을 보게 되죠. 저에게는 사랑이 선악과였어요. 그런데,

저에게는 많은 이들이 부러워하는 재능이라는 선물을 주셨죠. 그 이유가 뭘까요?

사회자: 뭔가요?

가수: 제가 갖지 못한 것만을 갈구하지 말고 그 에너지를 저에게 주신 크나큰 능력을 발휘하는 데 사용하라는 의미셨어요. 저는 저에게 주어진 엄청난 재능을 통하여 많은 이들의 마음을 보듬어 줄 수 있었던 거죠.

사회자: 그 말은 다른 지구 졸업생들도 공통적으로 하는 말이더군요. 재능은 선물이라고요. 여성들은 사랑 때문에 불행해지는 경우를 많이 볼 수 있는데요. 님이 맡았던 오페라의 여 주인공들도 그런 삶을 살았었죠. 왜 그렇다고 생각하세요?

가수: 여성의 특성상 관계를 중요시하는 성향 때문인 거 같아요. 여성이 행복하다고 느끼는 대부분의 경우는 어떤 관계 속에서 자신이 상대방에게 소중하게 생각되어지고 있고 다루어지고 있다고 여길 때가 아닌가 싶네요. 저 또한 그랬구요. 사실 무대 위에서 저와 대중과의 소통 그 자체로서도 너무나 소중한 관계이고 행복이 충만 되는 상황이지만, 이러한 관계에 만족하기에는 정서적으로 성숙하지 못했었지요. 누군가가 곁에 있어주었으면 하는 바람이 이성과의 관계에 집착을 하도록 하는 것이죠. 독립적이지 못하고 의지하려는 성향이 어찌 보면 가장 근본적인 원인이

될 수 있겠네요. 너무 냉정하게 들리나요? 하지만 정서적으로 독립한다는 것은 얼마나 자신을 자유롭게 만드는지 모를 거예요.

사회자: 남녀 간의 사랑에서 어떤 사람과 이별을 한 후에 또 다른 사람을 사랑하고 이것이 반복적으로 이루어지는 것에 대해서 어떻게 생각하세요?

가수: (회상하는 눈빛이 되며) 저 또한 평생을 통해서 이성과의 사랑을 해야 한다고 생각했거든요. 그건 자신에게 내재되어 있는 사랑의 편협한 정의 때문이에요. 사랑의 개념을 이성간의 사랑으로 규정하고 동일시하는 데에서 오는 거죠. 사랑의 범위를 확대하지 않고 그 안에만 빠져 있다면 한 사람과의 관계가 끝났을 때 또 다른 사람을 찾게 되는 거죠. 이성간의 사랑에는 성욕이라는 욕구가 크게 자리하고 있다는 것을 간과하지 않는 게 중요해요. 사랑과 욕망을 동일시하는 오류에서 벗어나는 과정이 결국은 사랑의 영역의 확대로 이어지게 될 거에요.

자신이 하는 사랑이 어떤 것인지 곰곰이 생각해 보세요. 사랑을 하고 후회하고 슬퍼해도 괜찮아요. 저는 사랑이라는 감정에 제가 송두리째 뽑혀나가는 경험도 하고, 사랑 때문에 비참해지고 나를 방치하는 상태에도 둔 적이 있어요. 하지만 결국, 시간이 지나고 보면 그런 경험을 겪은 후에 스스로를 사랑해야겠다는 마음이 들었어요. 어떤 상황에도 나를 사랑해 줄 사람은 '나 밖에 없구나.'라는 것을요.

상대방을 자유롭게 하는 사랑인지 아니면 집착하는 사랑인지. 남녀 간의 사랑도 어떻게 관계를 꾸려가는 가에 따라 단순히 욕망의 차원을 벗어나 얼마든지 멋진 관계로 발전시킬 수 있어요. 사랑이든, 우정이든 사람과의 관계는 우정이 근본을 이루어야 해요. 서로를 동등하게 존중하는 마음이 우정이잖아요. 우정이 바탕이 되고 서로를 존중할 수 있다면 함께 가는 것이 훨씬 시너지 효과가 크겠죠.

너와 내가 하나가 된다는 의미는, 너의 길도 나의 길도 다 뒤섞여서 하나가 된다는 것이 아니라, 하나의 인격체로서 자신의 길을 걸어가되 서로 연결되어 있다라고 해석하는 게 맞을 것 같네요. 그러니까 사랑이 독이 되는 경우는 서로를 구속하려고 하거나 집착할 때 또는 서로에 대한 존중이 없거나 책임을 다하지 않으면 차라리 혼자 길을 가는 게 낫겠죠. 현재 자신이 하고 있는 사랑에 대해 의문이 있다면 스스로에게 물어보면 답이 나올 겁니다. 급하게 결정하지 말고, 시간을 갖고 천천히 생각해 보면서 마음이 고요한 때 자신과 대화를 나누다보면 비교적 후회하지 않는 답을 마음으로부터 얻을 수 있을 거예요.

저는 음악으로 사람들의 마음을 보듬어 주고, 여성들이 직업을 갖는 것이 드문 시대에 연예인으로 살면서 여성들도 스스로의 직업을 갖고 활동하는 것에 대한 꿈을 심어주고 싶었어요. 세상의 틀은 여성들을 구속시켰지만 거기에만

얽매여 있지 않고 스스로 그 틀을 깨 볼 수도 있는 거잖아
요? 지구의 반인 여성이 사회가 만들어놓은 틀을 깨고 자
신의 날개를 펴서 나비처럼 훨훨 날아오르기를 바랐던 거
죠. 여성의 의식의 전환을 통해서 지구가 좀 더 밝고 따뜻
해지길 바랐다고나 할까요?

자신의 인생을 동그란 원으로 보았을 때 그 중심에 자신이
서 있다는 것을 잊지 마세요. 다른 부분에 다양한 관계, 감
정, 물질, 생각 등이 존재하겠지만 그 모든 것들은 동그란
원 안에서 중심에 있는 자신의 뜻에 따라 자연스럽게 녹아
들어가게 될 거예요. 다양한 요소들에 연연하지 하고 흔들
리지 않고 자신의 중심을 잃지 않고 지켜나간다면 자신이
이 세상에 온 이유가 분명하게 보일 거예요.

그 이유를 명확히 알고, 그를 이루어 나가는 데 집중한다
면 그 안에서 자신은 가장 아름다운 존재로 거듭날 것이
고, 자신을 둘러싼 동그란 원은 점점 넓어져 세상을 감싸
안게 될 거예요. 빛으로 가득한 원이 점점 퍼져나가면서
은은한 빛으로 세상을 밝고 따뜻하게 만들어 가는 자신을
발견하게 될 거예요.

한 사람 한 사람이 퍼뜨리는 빛이 서로 겹쳐지면서 세상을
더욱 더 아름답게 만들어가게 되죠. 당신은 그런 아름다운
존재임을 잊지 마세요. 흔들림이 있어도 언제나 중심으로
돌아온다면 빛나는 당신의 삶이 빛나는 세상을 만들 거라
고 믿어요. 오랜 시간 저와 대화 해 주셔서 감사해요.

사회자: 아름다운 말씀 감사합니다. '자신의 인생을 동그란 원으로 보았을 때 그 중심에 자신이 서 있다는 것을 잊지 마세요. 다른 부분에 다양한 관계, 감정, 물질, 생각 등이 존재하겠지만 그 모든 것들은 동그란 원 안에서 중심에 있는 자신의 뜻에 따라 자연스럽게 녹아들어가게 될 거예요.' 이 말이 참 와 닿네요. 중심을 잡고 살다보면 다른 요소들은 내 안에 녹아들게 될 것이다. 고맙습니다. 사랑에 슬퍼하고 행복해하고 고민하는 많은 분들께 님의 말씀이 도움이 되었으면 하는군요.

지구별 학교 필수 이수과목 3가지

나: 졸업생들과의 시간, 유익했나요? 지구별을 떠나며 심사국에서 받게 될 세 가지 질문, 당신의 지구별 생활을 총정리하는 시험이며, 살아가는 동안 마음속에 새기고 있을 때 언제나 적절한 방향을 찾아갈 수 있게 하는 그 질문에 대한 답을 찾기 위해서 지구별에서 필수 이수해야 할 과목이 세 가지가 있어요.

첫 번째는 '나는 누구인가'입니다. 자신은 이번 생에 만난 가장 소중한 인연이면서, 가장 친해져야 하고, 가장 깊이 알아야 할 존재에요. 그런 자신을 알아가고 배우는 시간을 가질 거예요. 두 번째는 성장에 대해 얘기하려고 해요. 나는 어떻게 변화하고 성숙해 갈 것인가? 생명을 가진 존재는 항상 변화를 합니다. 그런데 그 변화는 어떻게 하는 것일까요? 나는 어떻게 변해가야 할까요? 마지막으로, 자신이 살면서 어떻게 사랑을 실천하고 배운 것을 나눌 것인가? 에 대해서 고민해 보는 시간입니다.

1교시: 나는 누구인가

- 나는 누구인가
이 질문을 자주 하고, 또 자주 듣는다.
사람은 역시, 자기 자신에 대해 제일 궁금한 법이다.
'나'라는 존재에 대한 깨달음은 두 가지 방법으로 가능하다. 하지만 그 두 가지가 따로 존재하는 것이 아니다, 동시에 이루어진다.

먼저, 타인과의 교류를 통해 나라는 존재를 발견할 수 있다. 비슷한 사람끼리만 있으면, 내가 어떤 존재인지 발견하기가 어렵다. 나와 생각이 다른 사람과의 소통, 내가 살던 지역을 떠나 다른 곳에서 온 사람들을 만나고,
내게 생소한 것들과의 만남을 통해,
내가 어떤 사람인지를 파악할 수 있다.
그러기에 사람은 사람이든, 동물이든, 자연이든 만나야 한다.

그리고 무엇보다 나와의 만남을 게을리 하지 않아야 한다.
타 존재와의 교류도 중요하지만, 자신과의 만남이 가장 중요하다. 명상을 하는 이유는 생각과 감정에 딱 붙어있는 나에게 간극을 주어 자신의 모습을 객관적으로 바라보기 위해서이다. 일기를 쓰는 것도 좋은 방법이 될 수 있다.
하루에 있었던 사건들에 대한 내가 느낀 점이나 생각한 것들을 적어 내려가면 마음이 차분해 진다.

마음이 고요하게 내려앉을 때 드러나지 않았던 것들이
하는 말들을 비로소 들을 수 있다. 그리고 그 고요 속에
드러난 것들을 따르며 살면 된다. 나의 본성에 가장 가까
운 말들이 드러나는 순간이니까.

각자는 자신 안에 거대한 힘이 잠재되어 있다.
왜냐하면 사람은 각자 신의 아들이기 때문이다.
자신 안에 있는 힘을 찾지 않아서 쓰지 못하는 것이다.
우리는 모두 신의 아들이고 딸이며
천지만물이 그러하다.
내가 신의 자식임을 깨닫는다면
실로 그렇다고 믿는다면
내 안에 숨어있는 힘을 깨달을 것이다.
그리고 내가 믿어야 할 것은 내 자신이라는 것을.

살아가면서 습득한 지식이나 정보를 비워내고
마음속에서 떠오르는 의심을 비워내고
끊임없이 떠오르는 이런 저런 생각을 배워내고
내면에 집중 해 보면 느껴질 것이다.
나는 근본적으로 신의 아들이라는 것을
그렇기 때문에 타인에게 모자랄 것도 비굴할 것도 없는
신의 자식이라는 것을 느낄 수 있을 것이다.
근본에 닿아 있다면 외부의 조건은 그저 입고 버릴 수 있
는 옷과 같은 것이다.

- 성장은 계속된다.

나는 ~입니다. 라고 말하는 순간 그것은 맞는 말이기도 하고 아닌 말이 되기도 한다. 대기만성이라는 말이 있다. 큰 그릇일수록 늦게 완성된다는 말이다.

큰 그릇일수록 완성되는 시간이 더욱 오래 걸리는 것은 맞다. 하지만 진정한 의미로 성장은 죽는 그 순간까지 계속되는 것이다.

사람은 완성된 존재가 아니라
죽는 그 순간 까지 변할 수 있는 존재이다. 그
변화를 얼마나 긍정적으로 이끌 수 있는 지에 따라서
인간으로서의 격이 달라진다.
그것이 지구에 온 유학생들의 과제이며, 학생의 본분이다.

생명이 있는 존재는 살아있기 때문에
정의 내릴 수 없는 존재이다.
우리는 살아가고 성장하는 '동사' 같은 존재들이다.

- 어떻게 살아야 할까

어떻게 살아가야 할지가 고민이라면
내가 누구인지를 알아야 제대로 방향을 설정할 수 있다.
내가 누구인지를 알기 위해서 스스로를 이해하기 위해 노력하고 그 과정에서 나는 나와의 관계를 잘 설정할 수 있다. 그것은 혼자의 힘만으로는 힘들다.
너와 나의 관계 속에서
상대의 나에 대한 눈빛과 말 속에서 나를 발견하는 것이다. 또 세상에 나아가 사물과의 교감 속에서 새로운 나를 발견하고 타자는 결국 나와 연결되어 있는 나의 확장된 자아라는 것을 깨닫는 것이다.

그렇기에 나의 성장은 나로부터 시작하여 이웃과의 관계 속에서 세상과의 관계 속에서 지구촌과의 관계 속에서 넓혀가는 과정이다. 수많은 관계 속에서 생겨나는 질문, 사건, 부딪침, 또 생로병사 이런 것들의 맞물림 속에서 나는 생각하고 나름의 답을 얻고 스스로의 부족한 면을 깨우치며 나아가며 성장해 나간다.
그러므로 삶의 이유는 거대한 무언가에 있는 것이 아니라 일단 살아가는 것, 그리고 받아들이는 것, 그리고 새로 창조하는 것이다.

- 정의내리지 말자
지식을 쌓은 후엔 그것을 버려야 한다.
자신이 쌓은 지식에 대해 정의내리지 않고
열린 마음을 가지고 삶을 살아가자.
진리의 말씀이라고 해도
내가 아닌 타인의 입술에서 나온 말이다.
내 것인 진리는 내 삶을 통해 그것을 살아내어 체득한 것이라야 한다.

- 변화는 성장의 첫걸음
변화하는 것은 두렵다.
그 결과를 예측할 수 없다는 점에서 그러하다.

하지만 세상에 태어난 것 자체가
변화로 가득 찬 지구에서 유영해보겠다고
내가 결심했기에 태어난 것이다.

몸을 입고 태어난 것 자체가
그리고 하필이면 이 시대에 태어난 것 자체가
우연이 아니다.
지금은 기억나지 않아도,
멀지 않은 과거에 내가 선택한 일이었다.
그렇기에 삶이 내게 주는 것들에 대해 기민하게
깨어 있으려 해 보자.

- 하늘을 올려다보자
내가 겪는 경험들은 훗날 우주를 운행하는 자산으로 쓰일
것이며 누군가는 나의 발자취를 통해 진리의 문으로 인도
될 것이며 우리들의 역사는 우주를 움직이는 역사가 될 것
이다. 작은 것 같아 보여도 작지 않은 삶이다.
저 하늘의 반짝이는 별들 중 내가 온 곳도 있으니
매일 밤 고개를 들어 별들을 바라보면
내가 온 곳의 고향별 사람들이 당신에게 분명히 말을 걸
것이다. 인간의 언어로 말을 거는 것은 아니지만 당신이
들으려고만 한다면 반드시 들릴 것이다.
나의 영혼이 그 말을 듣고 당신의 몸에서 그 말은 눈물이
되어 흘러내리고 당신은 알 수 없는 그리움(Fernweh)에
밤잠을 설칠 것이다.

자주, 하늘을 올려다보고
밤 하늘을 바라보아라.
반드시, 응답을 해 줄 것이다.

- 당신은 호기심 많던 영혼
당신은 호기심 많은 우주의 영혼으로
세상에 대해 배우고자 용기있게 지구의 삶을 선택한 영혼
이다. 작아 보여도 작지 않은 삶이다.
당신을 지켜보고 있는 수 많은 영혼들이 있다.
그리고 잊지 말자, 바로 옆의 사람도 그렇다는 것을

- 당신의 재능
당신이 가지고 있는 재능은 사실 하늘이 준 선물이다.
재능은 그것을 통해 자신뿐만 아니라
타인의 성장을 돕기 위해 주어진 것이다.
자신이 지닌 재능은 자신의 것이 아니라 살아있는 동안 쓰
라고 우주에서 잠시 빌려준 것이다. 이런 종류의 재능은
씨앗만 하늘에서 주는 것이고
그것에 물을 주고 키우는 것은 내가 해야할 영역이다.

- 나의 성장
내가 태어나서 살아가는 이유는 나의 성장에 있다.
삶을 통해 성장하면서 성장하는 과정이 내가 누구인가를
알아가는 과정이다. 내가 누구인지를 알아가는 것은 한 번
에 끝나는 것이 아니라 평생을 걸쳐 계속되고 또 발견하는
것이고, 만들어 가는 과정이다.

\- 무엇을 하며 살까?

우리는 그냥 살아갈 수는 없다.

아무 일도 없이 그저 흘러가는 대로 살아갈 수는 없다.

일이 필요하다.

그 일은 먹고 사는 문제를 떠나서 창조하는 것과 연결이 되고, 그 일이 타인을 돕는 것이라면 더욱 의미가 있다.

나는 그 일을 하고 있는가?

일이라는 것도 사실은 도구일 뿐이다.

그 일을 통해 내가 성장하고, 타인과 소통하고 교감하면서 사랑을 나누고 세상에 좋은 에너지를 전하는 것이다.

내가 하고 있는 일이 큰지 작은지는 타인이 결정할 수 있는 일이 아니다.

그것은 나의 영역이다.

다만, 내가 어떤 마음으로 하는지가 중요하다.

하늘에서는 그 마음을 바라본다.

왜냐하면 우주는 마음을 동력으로 하여 움직이는 곳이니까.

지금 내가 하는 일에서 보람을 느끼지 못한다면

혹은 내가 맞지 않는 옷을 입고 있는 것처럼 느껴진다면

남들 눈에는 멋지고 훌륭해 보여도 마음 속 깊이에서 아닌 것 같은 느낌이 든다면,

침묵과 고요 속에서 내면의 목소리를 따라가 보아라.

내가 하는 일에서 행복과 보람을 느낀다면

매일은 아니어도 자주 그러하다면

그 일이 직업을 의미하는 것은 아니다.
아마도 당신은 이미 자신의 길을 잘 찾아서 걸어가고 있는
것일 것이다.
일에서 느낀 기쁨의 에너지를 상대에게 전할 수 있다면
그것으로 당신은 세상이 좀 더 밝아질 수 있는데 기여한
것이다.

- 안주하는 것을 경계해야 한다.
안주하는 것은 경계해야 한다.
자연이 변하고, 하루가 변하고, 우주가 변하듯이
나도 내 일을 통해 변화하는 것이 자연스러운 것이다.
처음에는 나로부터의 변화, 다음에는 이웃, 자연, 하늘까지
나의 자아를 확장 시키고 그들의 입장에서 생각하고 이해
하는 데까지 이른다면
아마도 지구에서 내가 하기로 한 임무를 마무리 할 시기가
다가왔다고 생각해도 좋다.

- 우리는 한 형제
나라는 존재는 결국, 어떤 존재와 동 떨어져 있는 것이 아
니다.
나무 위에 붙어 있는 가지, 뿌리, 기중, 잎처럼
서로 겉으로 드러난 모습만 다를 뿐
같은 뿌리에서 나온 형제라는 것을 깨닫길 바란다.
주변 사람들, 동물, 자연, 하늘의 별, 태양, 달 모두 연결되
어 있다는 것을.
고대의 사람들은 그런 사실을 아주 자연스럽게 체득하고

살았지만
인간이 자연으로부터 멀어질수록
인간의 지적능력은 상승했을지 몰라도
영적능력은 고대보다 퇴보하고 말았다.

- 뛰어난 영성의 소유자, 한국인
한국인들은 고래로 우주만물이 서로 형제라는 것을 알고
있었으며 천지인에 근거하는 우주 공동체 의식이 있었다.
인간은 본래 하늘에서 왔으며 죽으면 본래 온 곳으로 돌아
온 곳으로 가는 것이라고 믿었다.
그래서 '죽었다'는 말을 할 때 돌아가셨다는 표현을 쓴 것
이다.

- 영적인 세상 99% 물질의 세계 1%
영적인 세상과 물질의 세계는 동전의 양면처럼 붙어있는
것이다. 모든 사물에는 혼이 깃들어 있다.
인간만 해도 정신과 육체로 이루어진 존재이다.
인간에게서 영적인 면을 빼면 인간이 기계와 다를 것이 무
엇이 있을까?
몸을 입고 살아가기에 몸을 유지하는 데 많은 에너지가 들
지만 동시에 영적인 존재라는 것을 잊지 말아야 한다.

- 사람의 의무
단순히 어떤 일을 통해 얼마나 많은 돈을 벌고,
인정받고 유명해지는 것을 넘어
내가 얼마나 그 일을 통해 성장할 수 있으며,

내가 느낀 감정과 깨달음, 지혜를 세상과 나눌 수 있을지
고민해야 하는 것이 사람으로 태어난 사람의 의무이다.
더불어 행복해지고 싶다면 말이다.

사람은 내가 살아있다는 것,
생명을 받고 몸을 입고 살아가는 것에 대해 당연하게 여기
고 살아가고 있다.
하지만 이 넓디넓은 우주공간에서
몸과 생명을 받았다는 것이 무엇인지 궁금해 해 하며 알아
야 한다.

- 반드시 죽는다. 모두 죽는다.
태어난 이상 언젠가는
반드시 죽는다는 것을 기억하고 산다면,
지금보다 좀 더 겸손해 질 수 있을 텐데.

- 떠나라
내가 누구인지를 알기 위해서는
자신의 자리에만 머무르지 말자.
자신의 자리를 떠나보아야만 자신이 누구인지가
더욱 잘 보일 것이다.
자신의 이름, 직업, 나이를 벗어난 자신
있는 그대로의 자신을 발견하기 위해서는
입고 있는 옷을 벗어버릴 수 있어야 한다.
당신의 이름, 직업, 나이, 국적, 성향, 이런 것들은
여기에 한 정되어 입고 있는 가벼운 옷 같은 것이다.

본래적인 것, 근본적인 것은 그런 옷처럼 벗어버릴 수 있는 정체성으로 변할 수 있는 것이 아니다.

- 나의 삶은 그저 나만의 것이 아니다.
나를 알기 위해 나의 자리를 벗어나
세계를 여행하고 사람들과 교류를 가지듯
나의 삶은 타인의 삶과도 연결 된 것이다.
자신의 삶은 물론 타인의 삶을 돕는 것 까지 포함하는 것이다. 그러므로 나는 내 삶에 책임감을 느끼고 삶을 운전해 가야 한다.

- 우주는 자기 책임제
우주는 사랑으로 가득한 곳이다.
하지만 인간에게 자유의지가 주어진 만큼
그 만큼의 책임이 지워진다.
자신의 일에 대해서는 자신이 책임지는 것
그것은 엄정한 우주의 법칙이다.
아무런 느낌도 생각도 가지지 못한다면
세상살이가 편할 것 같지만 그것만큼 비극적인 것도 없다.
배운다는 것은 감정을 느끼고 그것을 통해 생각을 하고,
나름의 지혜를 얻는 것인데, 무엇도 느끼지 못하고,
생각도 하지 않는다면 내가 힘들게 살아갈 이유가 있을까?

내가 한 사람의 인간으로 태어나서 자라고,
성숙해지는 과정에는 살아내는 것이 포함되어 있다.
아무리 힘들어도 살아내는 것, 그것만으로도 대단한 것이

다.
일상은 투쟁의 연속이고 그 싸움에 이겨서
오늘 하루도 그럭저럭 버텨냈다면 자신을 칭찬을 해 주어
라.

- 아름다운 삶
나의 겉모습에 상관없이 내면에서 흘러나오는
무언의 메시지를 살려고 노력하고, 그와 일체가 되려고 노
력한다면 그 자체로 아름다운 삶을 살고 있는 것이다.

- 자신과의 대화
내가 나 자신으로 살아가기 위해서는
나는 끊임없이 나와 대화를 해야 한다.
그러면 내면이 내게 답을 해 줄 것이다.
내가 나로 살아가기 위해서
나와 끊임없이 대화해야 한다.
처음에는 겉의 나와 만나다가 차츰 깊은 곳에서 있는
본래의 자신을 만나게 될 수 있을 것이다.
그리고 저편의 움직이지 않는 고정된 자리에 있는
자신이 말하는 대로 살아가다 보면
나는 본성을 만날 수 있다.
인간으로 태어난 보람이라면 본래 자신인
본성을 만나는 것이다.

- 독립하기

헤르만 헤세는 <데미안>에서 이렇게 말했다.

하나의 세계를 깨부수고 새로 태어나는 과정은 결코 쉽지 않다고. 여러 번 알을 쪼아야 가능한 것처럼 자신이 여러 번 부서지는 경험을 해야 한다. 인큐베이터 속에서 연습한 것들과 전혀 다른 야생의 세계를 마주하며 나름의 해답을 찾는 과정이 필요하다.

나는 전 보다 더 추락할 수도 있고, 진화하게 될 수도 있다. 결과에 따른 책임은 오롯이 내가 지는 것일 뿐, 누가 질 수 있는 것도 아니고 질 수도 없다.

독립을 하게 되면 알에 있을 때보다 못한 삶을 살게 될 수도 있다. 내 삶이 송두리째 사라지는 것을 경험할 수도 있다. 그런데도 독립을 해야 하는 이유는 그것이 성장이고 어른이 되는 길이기 때문이다.

어린 시절을 떠올리면 평화롭다.

그 시절의 기억은 현실의 잔인함 앞에서 동화처럼 아름답게 각색되어 있지만,

그때는 또 어린 시절에 맞는 괴로움이 있었을 것이다.

독립할 나이가 되었는데도 언제까지나 어린아이의 내면에 갇혀 지낼 수는 없다. 신체적 독립 못지않게 정서적, 정신적 독립도 중요한 것이다.

독립 후 내 모습이 비록 비참하더라도 자신과의 대화를 게

울리 하지 않는다면,
곧 자신이 걸어가야 할 방향을 찾을 수 있을 것이며,
이제는 자신이 만들어 가는 진짜 인생의 시작이다.

- 독립하기 2
스스로의 인생의 선장이 되어, 배의 키를 잡고 항해하는
항해사가 과연 얼마나 될까?

- 나와의 인연
나는 이번 생에 내가 만난 최고의 인연이다.
나의 육체, 성격, 가족, 주변 환경 속에서 배워야 할 것이
있어서 태어났다.
기억이 나지 않지만 알고 보면 내가 선택한 삶인 것이다.

- 내가 태어난 이유
내가 태어난 이유는 두 가지로 축약된다.
자신의 과제, 선악과를 극복하여 영적인 성장을 이루기 위
해서 태어났거나,
이미 어느 정도 갖추어진 상태에서
타인의 영적인 성장을 돕기 위해서 태어난 경우이다.
첫 번 째 경우에는 삶의 목적이 나의 성장에 있기 때문에
처음부터 많은 것들이 갖추어 진 삶은 아니다.
오히려 부족한 가운데 장애를 극복하고
본래의 자신의 모습을 찾는 것이 과제라고 할 수 있다.

두 번째 경우에는 어느 정도 능력을 갖추고 태어나

비교적 빨리 두각을 나타내어 타인에 모범을 보이는 경우가 많다. 자신이 태어난 목적에 따라 삶의 양상이 다르게 펼쳐지는 것이니까 타인의 삶이 좋아보여도, 영적인 진화의 측면에서는 반드시 좋은 것이 아니다.

내 삶에 장애가 많은 것 같고,
어느 것 하나 쉽게 가는 것이 없다면 아마도 당신은
지구별 수업을 위해 지구에 태어난 영혼일 가능성이 크다.
어려운 공부를 마치고 더 큰 영적인 성장을 이루어 내어
다시 고향별로 복귀하기 위해서 용기를 내어서 지구에 온
영혼일 것이다.
그러니 삶이 녹록치 않고 괴롭더라도
긍정적인 마음을 잃지 않고 나아가려는 노력을 하는 한,
언젠가는 처음에 왔을 때와는 비교할 수 없을 정도로
내적 성장을 이루어낸 자신을 발견 할 수 있을 것이다.

처음부터 천재적인 재능을 드러내고 두각을 나타내는 삶이 있다. 이런 경우에는 전생의 능력을 그대로 가지고 온 경우이다. 지구별 학교는 학교이기 때문에 다양한 모델이 필요하다. 거기에는 선생님도 있고, 학생도 있고, 또 롤모델도 있는 것이다. 자신이 맡은 역할에 따라 지구에 온 목적이 다르다. 선생님으로 혹은 롤모델로 온 경우에도 역시 지구라는 별에 온 이상 공부를 안 할 수는 없겠지만 처음부터 일정한 조건을 갖춘 상태에서 지구별 유학을 시작하는 것과, 공부를 목적으로 아무것도 갖추지 않은 상태에서 유학을 시작하는 것은 다르다.

당연히 보람의 측면으로 따지면 후자가 훨씬 큰 것이다.

- 삶의 궁금증

살면서 삶의 본질에 대해 자주 의문이 든다면,
내가 살아가는 이유, 내가 해야 할 일,
세상이 돌아가는 이치와 같은 것에 대한 것이 궁금하고 알고 싶다면,
나는 아마도 우주 최고의 난이도를 가진 지구별에 유학 온 영혼일 가능성이 크다.
공부를 목적으로 지구에 온 것이기에 근본적인 것에 대한 질문을 하는 것이고,
이런 사람들은 대개 수련을 해야 한다.

나의 목표는 지구에서 잘 먹고 잘 사는 것이 아니라,
삶을 살아가면서 근본에 닿는 것,
즉 본래의 자신을 찾고 지구별에 올 때보다
더 높은 수준의 영적인 성숙을 이루는 것이 목적이다.

이런 삶도 저런 삶도 살아가는 한 배움이 있겠지만
수련의 비중이 더 큰가, 아니면 역할의 비중이 더 큰지는
내가 스스로에게 가지는 질문의 내용을 살펴보면 될 것이다.

- 나만의 과제
사람은 각자 자신만의 탐구 과제가 있다.
그 일을 해내는 것이 내가 태어난 목적일 것이다.

- 진리의 체득
진리는 스스로 하나씩 체험하면서 살아가야 얻을 수 있다.
진리, 깨달음은 모든 이에게 비슷한 형태로 나타날 수는
있어도 같은 형태로 나타나진 않는다. 진리가 나의 언어가
되어 말 할 수 있게 살되 타인의 의견을 존중하며 살아야
한다.

진리는 가르쳐지는 것이 아니다.
그것은 경험을 해야 하는 것이다.
책 속에 전하는 현자의 이야기는 내 것이 아니다.
내용은 참고하되 나는 그것을 살아보아야 한다.
그리고 나만의 지도를 만들어야 한다.
싸울 각오를 해야 한다.
처음에는 권위에 도전하는 것 같아 겁이 난다.
그래도 싸워야 한다.
내 것이어야만 한다.

- 가볍게
가볍게 사는 것이 필요하다.
의미에 과도하게 집착하고, 흘려보내지 못하면
다음 기회를 잡지 못한다.

내가 붙잡고 있는 것들이 사실은 그리 중요하지 않은 것들인 경우가 많다.
가볍게 살고, 타인에 대해서도 여유롭게 봐 주어라.

- 결혼의 의미
결혼은 선택이다. 결혼은 필요에 의해 만들어진 제도이기 때문에 꼭 해야 한다는 것이라기보다는 선택할 수 있는 것이다. 예전의 여성들은 결혼을 통해서라야 다양한 경험이 가능했기에 결혼을 해야 했지만 현대에는 결혼이 아니더라도 다양한 방법으로 사회화를 경험하고 지구별 공부를 할 수 있다. 결혼은 자신의 선택이다.

타인과 만나서 함께 산다는 것의 의미는 내가 다듬어지기 위함이다. 세모, 네모의 사람이 만나 함께 살아갈 때 부딪치지 않는 것이 없을 것이다. 다만, 서로의 다름을 인정하고 서로에게 너무 상처가 가지 않도록 해결하고, 또는 시너지를 내면서 살아간다면 그것은 내가 성장하는 데 많은 도움이 될 것이다.

이것은 반드시 결혼 생활을 의미하는 것이 아니라, 사람이 모여 사는 곳, 사람이 모여 함께 일하는 곳에는 사회화 과정이 일어난다. 모여 산다는 것은 힘든 것이다. 하지만, 이것이 지구에 와서 공부를 하는 이유이다.

같은 장소에 있지만, 너와 나는 사실 다른 경험을 통해 이루어진 집합체 같은 것이다. 너와 나 사이에는 전생의 차이, 서로 자라온 문화적 배경의 차이, 유전자의 차이, 신체적 차이 눈으로는 차마 셀 수도 없는 영겁의 시간을 지나 지금의 장소에 있는 것이다. 이것들은 함께 살아가고 일하면서 맞춰나가고 이해하기도 하고, 모른 척하기도 하고, 덮어두며 살아가기도 하면서 다듬어진다.

- 운명
특별한 인연이 따로 있는 것이 아니다.
지구별 사람들은 첫 만남에 불꽃 튀기는 무언가가 있어야 운명적인 만남이라고 믿는다.
실은 처음 만났을 때 그저 그런 정도의 사람이
나와 오래 갈 수 있는 사람일 수 있다.
사람은 자유의지를 타고났기에
아무리 하늘에서 맺어준 인연이라고 할지라도
본인이 원하지 않아서 성숙하지 못해서
그 인연을 제대로 아름답게 이어가는 경우가 드물다.
그리고 하늘에서의 인연이 아무리 좋아도
 지구에서의 인연이 좋다고도 할 수 없다.
지구에서의 삶은 그야말로 변수투성이의 전쟁터와 같은 삶이기에 그 미래를 누구도 정화하게 예측할 수 없다.
운명적인 만남, 그렇지 않은 만남이 따로 있는 것이 아니다.

내가 만난 인연은 우연인 것이 없다.
다 나와의 인연의 끈이 닿아 이어진 것이다.

실낱같은 인연을 운명적인 것으로
바꾸는 것은 나와 상대의 노력에 달려 있는 것이지
처음부터 마법처럼 이어지는 것은 없다.

- 나와 친해지다
어느 누구도 내 삶은 대신 살아 줄 수는 없다.
나는 누구도 아닌 내 삶을 살아야 한다.
나를 자주 관찰해 보자.
나의 옷차림, 직업, 생각, 행동,
내가 자주 하는 생각, 내가 자주 내뱉은 말,
나의 습관, 나의 취향, 내가 관심 가지는 것들,
그 속에서 진짜 자발적으로 나에 의해 결정하는 것이 과연
얼마나 되는지.

- 벗어나기 위해서는 힘을 키워야 해
성격이 굉장히 세어서 타인이 자신이 원하는 대로 움직여
주지 않거나 해 주지 않으면 주변을 파괴 시키는 사람들이
있다. 물리적으로 파괴하는 것은 아니더라도 주변 사람들
의 마음과 정신 상태를 파괴로 이끄는 것이다.

혹자는 물을 것이다 바보같이 왜 그런 사람들과 계속 있냐
고? 하하, 이 사람들이 특이한 사람들 같은가? 주변을 돌
아보면 그렇지 않은 사람보다, 상대를 흔들고 자기 뜻대로
움직이게 하려는 사람이 생각보다 많다. 그리고 그런 유형
의 사람들은 대개 수단과 방법을 가리지 않는 성격으로 인
해 직장이나 학교, 사람이 모이는 곳에서 높은 지위에 있

을 가능성이 높다. 그런 사람에게서 벗어나는 것은 생각보다 쉽지 않다. 그들이 쓰는 방법은 당신의 약점을 들춰내고 그것을 무기 삼아 '두려움'이나 혹은 '죄책감'이라는 감정을 이용하는 것이다. 게다가 못된 성질로 인해, 자기 뜻대로 되지 않으면 될 때까지 주변을 못살게 굴기 때문에 못난 놈 떡 하나 더 준다는 말이 이런 상황에서 나왔다. 현실은 데미안에서처럼, 싱클레어를 돕는 초인적인 인물이 나타나지 않는다. 내가 상대방의 기운을 벗어날 수 있을 때까지 몇 달 몇 년이 걸릴 수 있다. 그 기간 동안 나는 내적인 힘을 기르면서 견뎌야 한다. 기가 약하거나, 순하거나, 착한 사람들은 이런 사람이 곁에 있는 것만으로도 정상적인 사고를 하는 것이 힘들다. 무지막지한 상대의 에너지에 신체적으로 혹은 정신적으로 예속되는 상황이 일어날 수 있다. 지구에서의 삶이 힘든 것은 이런 상황을 자주 맞닥뜨린다는 것이다. 그럼에도 끔찍한 지구별에 살아보겠다고 오는 영혼들이 수없이 많다. 힘을 길러라. 내적인 힘을 길러야 한다.

지구에서의 삶은 나를 나로 있을 수 없게 하는 것들로부터 끊임없이 도전을 받는다. 외부의 적이 만적이고 내 안의 적이 만적이다.
외부의 적이 사라지면 내 안의 목소리가 혹은
나의 습관이 또 나를 무너뜨리려고 호시탐탐 노린다.
오죽하면 톨스토이는 삶은 투쟁이라고 했는가.

- 지구별 유학생의 고백
울고 싶지만 상대가 웃길 원해서 웃어야 했고
나는 당신에게 라이벌이 되지 못하고 당신의 자리를 위협
할 수 없는 힘없고 웃긴 존재라고 말하기 위해 실없는 농
담과 행동을 했다.
그렇게 몇 년을 지내다 보니 내 얼굴은 가면을 쓴 것처럼
어색해졌고 나의 내면상태와 겉의 모습이 일치하지 않았
다. 벙어리 냉가슴이라고 하지.
겉은 웃고 있지만 그 안은 너무나 울고 싶고 통곡하고 싶
고, 그냥 영혼이 이 몸 밖을 탈출 할 수 있기를 얼마나 바
랬던가.

그때, 일기를 쓰기 시작했다.
현실적으로 내게 가능한 것은 아무것도 없었다.
신체적 능력도, 경제적 능력도, 정신적 에너지도 고갈되어
온전하게 정신을 부여잡고 살 수가 없었다.
죽지 못해 산다는 표현이 맞았을 것이다.
그래서 펜을 집어 들고 글을 쓰기 시작했다.
그러자 기적은 일어나지 않았지만
적어도 내 삶에 아주 조금이나마 바람이 통하는 것을 느꼈
다.

물리적인 공간은 만들 수 없을 때에는 글을 쓰면 마음속에
공간이 생긴다. 그 공간이 나의 쉼터가 되어준다.
그 공간은 아무도 침범할 수 없는 공간이다.

온전히, 오롯이 나만의, 나만을 위한 공간이다.
아무리 부정적이고 슬픈 감정이라도 그 속에서는 마음껏
뱉어내어도 좋다.

어릴 적 할머니의 이야기를 들으며 자랐다.
그때는 왜 세상의 할머니들은 다들 이야기보따리를 주렁주
렁 매달고 있는가?
하는 의문이 있었는데 살아보니 알겠더라.
세상에 대한민국의 할머니들만큼 한 많은 인생을 살다온
영혼도 없다는 것을.
그 기나긴 모진 인생동안 얼마나 많은 일들을 겪고
감정들이 켜켜이 쌓여있을 까!
이야기가 많은 것은 그 때문이다.

할머니는 일제 강점기에 태어나 소학교를 다녔고
한국전쟁을 겪으면서 어린 자녀 둘을 잃었다.
그 시절 아버지들이 그랬듯 할머니도 가정 폭력을 겪으셨
다. 할아버지와는 사이가 좋지 않으셨지만 자식들을 알뜰
하게 챙겨 가정은 화목했다.

할머니를 중심으로 형제들의 우애가 돈독했다.
할머니가 돌아가신 후 무릎높이 만큼 쌓여있는 일기장이
발견되었다. 할머니의 것이었다. 그 안에는 옛날 한글 맞춤
법으로 삐뚤빼뚤 쓴 글씨가 빼곡하게 담겨있었다. 나는 그
글을 다 읽을 수 없었다. 너무 슬펐기 때문이었다.
하지만 알 수 있었다. 일기장으로 인해 그녀는 자신의 인

생의 무게를 견딜 수 있었다는 것은. 많은 도움을 준 것은
아니었겠지만 그녀는 혼자만의 방이 있었던 것이다.

다 함께 있지만 우리는 또 혼자이다.
인생은 결국 혼자 걸어가는 길이고, 스스로 걸어가는 길이
다. 내게 닥친 일들이 무지막지하여 넋을 놓게 될 수도
평생 그 기억 속에 사로잡혀 그 속에서만 살아갈 수도
수많은 실패와 고통이 뒤따르는 삶이지만...

그것으로부터 한 발자국 떨어져서
내게 일어난 일을 바라보고 생각할 수 있게 된다면
믿기지 않은 현실이라도 조금씩 받아들일 수 있게 되며 조
금씩 나아갈 수 있게 된다.

내가 당장 무엇을 쏟아내고 싶은데 어떻게 할 수 없을 때
가장 손쉽게 할 수 있는 방법은 펜과 종이를 들고 혼자 있
을 수 있는 공간에서
감정과 생각을 쏟아내는 것이다.
이것이 효과가 있는 이뉴는 손에는 마음, 장심이라는 혈이
있다.
언젠가 책에서 글을 쓰는 행위는 '영혼으로 기도하는 것'
이라는 구절을 읽은 적이 있다. 맞는 말이었다.

손바닥에는 '장심'이라는 '혈'이있다. 글을 쓰는 것이
마음이라고 하는 나의 내면세계와 연결시켜준다는 것은
사실이었던 것이다.

그리고 내가 본성에 이르기 위해서는
자신의 마음을 자주 들여다보고 그 곳으로 들어가야 하는
데 일기가 그 역할을 해 주었다.

우주는 보이는 세계가 1% 보이지 않는 세계가 99%로 이
루어져 있다. 그리고 그 우주에 이르는 길 역시 마음이라
는 것을

- 근본
근본은 시작이기도 하고 끝이기도 하다.
나로부터 출발해야 하고 나로 귀결 되어야 하는 이유이다.

- 비교는 금물, 참고할 뿐
지구별을 다녀간 성현들의 가르침이 아무리 근본에 가까운
것이라고 할지라도 그것을 살지 못하고 있는 자신의 모습
이 틀린 것은 아니다. 우리는 오랫동안 무엇이 옳고 그른
가를 구별하는 데 많은 에너지를 썼다.
내가 살아내고 숨 쉬는 지금이 이 순간의 진리이다.
내가 지금 깨달은 현실이 진리이다.
인생의 나침반은 필요하다. 성현들의 가르침을 나침반으로
삼되 나는 내 길을 걸어가야 한다. 내가 얻은 결론이 다르
다고 해도, 나는 내 안에서 나오는 것을 지침 삼아 걸어가
야 한다. 세상의 사물에 욕심 없이 대하고 바른 길을 가려
고 노력한다면 언젠가는 나도 진리에 도달 할 수 있다.
하지만 단 번에 진리에 도달하고, 단 번에 내가 진리 자체
가 되는 일은 없다. 그것은 욕심이다.

- 사람이 된다는 것
사람이 사람의 구실을 한다고 하는 것은
스스로 자신의 일을 찾아서 하는 것을 말한다.
자신의 일이란 본인이 해야 하는 일을 말하며
본인이 해야 하는 일이란 금생에 태어나
내가 가지고 온 소명을 다 하는 것을 말한다.

- 인간의 특성
인간이 다른 동물과 비교하여 뒤떨어지는 면이 많아도
인간과 동물을 구별을 지을 수 있는
가장 큰 이유는 인간은 정성을 들인다는 것이다.
인간의 정성어린 노력이 하늘에 닿을 만큼
높아지면 하늘의 마음을 움직일 수 있다.

- 내 마음 속에서 우러나오는 것
사람은 언제나 내 속에서 우러나오는 것을 살아야 한다.
외부의 것들이 아무리 좋아보여도 그것이 설령 현자가 설
하는 진리일지라도
내안에서 우러나지 않은 것은 내 것이 아니라, 언젠가는
떠나게 되어있다.
내안에서 흘러나오는 내면의 목소리를 듣고, 그에 따라 살
자. 내 안에 '신'이 존재하고
내가 곧 '신의 아들'임을 깨닫고 스스로에게 복귀해야지
남에게 복귀하는 것은 자신에게로 이르는 길을 더디게만
할 것이다.

모든 인간이 인식하듯, 못 하듯, 가장 자신이 열망하는 것은 자신의 진화이다.

- 인간은 소우주
소우주인 인간은 자체에 오행을 타고 나지만
그 오행이 완벽하게 조화로운 것이 아니다.
오행의 부족과 넘침은 편향된 기운과 성격으로 나타나고
그것을 조화로운 방향으로 이끌고 가는 것이 내가 해야 할 일이다.

조화로운 방향은 중화로 이끄는 것인데,
편향된 성향을 극단으로 몰고 가서 중화로 이끄는 방법이고 살면서 조금씩 긍정적인 방향을 모색하고 훈련하면서
나를 조화로운 방향으로 이끄는 방법이 있다.
대부분은 하던 대로 모난 성격이나
잘못된 습관을 더욱 강화하는 쪽으로 나아간다.
그것이 병이나 성격적 이상으로 나타나는 것이다.

- 세상을 이끄는 사람
세상을 이끄는 사람들은 앞서서 주도하는 사람들이 이끄는 것이 아니라, 있는 듯 없는 듯하면서 자연스럽게 섞여 있되 흐름을 조절하는 사람들이 실제로는 세상을 이끌어 가는 것이다.
눈에 보이는 것은 실제로는 아주 작은 부분이다.
안 보이는 곳에서 세상의 순항을 위해
애쓰는 사람들이 무수히 많다는 것을 잊지 말고 감사하는

마음을 품으며 살자.

- 경계할 것
안이한 삶은 자체가 경계해야 하는 것이다.
자신의 길이 험하게 느껴질 때는
그 만큼 가야하는 길을 단축시켜 겪어 넘기게 하기 위한
하늘의 뜻이 숨겨져 있는 것이다.
내가 지금 걸어가는 길이 괴롭다면 나는 그 만큼 공부를
하고 있는 것이다.

- 차분하게
마음을 차분히 하고 매사에 임하면 상황이 보이고,
상황이 보여야 내 길이 보일 것이다.

- 앞선 사람의 역할
앞선 사람이 해야 하는 역할은
타인의 진화에 도움이 될 수 있는 감정을 불러일으켜야 하
는 것이다. 솔직하되, 타인의 마음에 긍정적으로 영향을 끼
칠 수 있도록 신중하게 말해야 한다. 그것이 앞선 사람의
역할이다.

- 자신의 자리
사람은 항상 자신의 일을 해야 한다. 자신의 일이라고 함
은 자신이 해야하는 일이고 남이 해야 하는 일은 자신의
일이 아니다. 내 일을 하고서야 남을 도울 수 있는 것이다.
내 일도 하지 못했는데 남을 돕는 것은 무리가 되는 것이

다.

- 나의 일
나의 일이란 나에 의해서만이 가능하고 나로 인하여 완성
할 수 있다. 사람은 지구에 태어날 때 자신의 일을 하나씩
가지고 나온다. 그 자신의 일을 찾았을 때 나의 공부는 그
일과 더불어 양립해 나가는 것이고, 그 일 덕분에 나의 진
화에도 진전이 있다.

인간이 인간다우려면 자신의 역할이 있어야한다.
인간의 일은 크게 세 가지로 요약된다.
아름다움을 전하고 나누는 일, 선함을 전하고 나누는 일,
진리를 전하고 나누는 일이다.

아름다움을 전하는 일은 주로 예술로 가능하고,
선함은 선행을 베푸는 것이고 진리를 전하는
삶은 가르치거나 메시지를 전하는 일이다.
자신의 일이 인간의 감정을 순화시키고
더 나은 방향으로 이끄는데 도움을 준다면 그것으로 나의
생은 보람된 것이다.

- 아침
아침을 어떻게 보내는 지가 중요하다.
아침을 어떻게 보내느냐에 따라 하루의 결과가 달라진다.
아침은 하늘의 시간이며 오전이후는
하늘과 인간의 시간이며 저녁은 인간의 시간이다.

- 명상
명상을 하면 내면을 고요하게 하는 데 도움이 된다.
고요할 때라야 마음이 맑아지고
마음이 맑아져야만 내 자신이 바로 보이기 때문이다.
들뜬 상태, 걱정이 있는 상태,
감정이 차 있는 상태에서는 사태를 정확하게 파악할 수 없다.

- 공부란
현재 지구인들이 하는 공부는 공부가 아니다.
공부는 창의성과 이어지고 나를 구제하고
남을 구제하는 행위로 이어져야 한다.
현재의 공부는 얼마나 더 큰 자본을
훗날 내가 확보할 수 있냐를 놓고 경쟁하는 것이지,
내가 공부의 주체가 되어 스스로 이끌어 가는 것이 아니라, 미래의 경제적인 부를 위해 현재를 희생하는 노동에 가까운 형태가 되었다.

원래 공부라는 것은 자신을 근본적으로 알아가는 길을 걸어가는 것이다. 그리고 그 공부는 본성을 만나는 것으로 인도한다. 내가 하는 공부가 자신으로부터 멀어지는 길인지 가까워지는 길인지는 나는 이미 알고 있다.

옛것을 익히고 새것을 알면 스승이 될 만하다는 말은
옛것에서 근본이치를 공부하고 그 기준에 근거하여

미래를 해석하고 새로운 것을 더한다는 말이다.
스승이 된다는 것은 방향을 알려준다는 것인데,
큰 방향은 옛것에서 근본이치를 파악하면 된다.

- 각자 삶의 의미
우리는 서로를 이해하려는 노력을 할 수 있지만
각자 삶의 의미를 온전히 이해하는 것은 결국 자신뿐이다.
각자가 자신의 인생을 걸고 위대한 실험을 하는 중이다.

- 나를 알려고
나는 내가 태어나서 만난 가장 소중한 인연이다.
나는 나를 제일 사랑하고 나에게 제일 관심이 있지만
자신이 누구인지를 제대로 아는 사람은 드물다.
누군가를 이해하기 위해 관찰하고 연구를 하는 것처럼
나는 다른 누구도 아닌 나를 알고자 제일 먼저 노력해야
한다.

그것은 가만히 있는다고 해서 이루어지지 않는다.
일상 속에 깨어있어
나의 성향, 급관, 어떤 것에 관심이 있고,
무슨 생각을 자주 하고, 인식하고
자신이 모자라는 부분을 무엇인지 알고 있어야 한다.
꾸준히 나를 관찰하도 나와 이야기를 나누다보면
나와 친해지고 그러면서 나를 더욱 알아 갈 수 있다.
나와 친숙하게 되면 외부의 공격이나 판단에 흔들리지
 않을 수 있게 된다. 흔들리더라도 다시 원심력에 의해

제 자리로 돌아올 수 있는 것이다.

세상에 존재하는 여러 가지 기법도 무시할 것이 아니라,
나를 찾는데 도움을 주는 재료이다.
유전자 검사, 성격, 적성 검사, 지문검사, 체질검사, 사주팔
자 등 사람은 그냥 이유 없이 태어나지 않는다.
태어남에는 이유가 있고 목적이 있다.

- 왜 태어나는 가?
일차적인 이유는 삶을 통해 배우기 위해서이다.
배운 다음에는 사랑하고 나누기 위해서이다. 그래서 처음
엔 개인적 차원의 나로 머무는 것만으로도 벅차다가 나중
엔 이웃, 세상, 자연, 하늘 존재하는 모든 것들이 나의 확
장된 자아라는 것을 깨닫고 나를 확장 시키는 것이다.
그것은 사랑과 나눔으로 가능하다.

하지만 역시 나는 나를 찾는 것이 우선이다.
나를 찾고서야 상대를 진정 도울 수 있을 것이다.
방향을 모르면 타인을 돕는다고 해도 그것은 일시적일 수
밖에 없다. 잘못 인도하게 될 수 있다.

나의 삶, 다른 누구도 아닌 나의 삶을 살아야 한다.
그것은 내 안의 소리가 말하는 것을 따라야 한다.
타인의 의견을 전혀 듣지 말라는 얘기가 아니다.
참고를 하고, 동의를 하건, 거부를 하건 주체적으로 생각한
뒤 내린 결론을 따르라는 것이다.

- 완전한 나

우리는 하루 중 얼마나 완전히 스스로가 되어 본 적이 있
을까? 타인과 어울려 살다보면 때로는 거짓된 행동과 말을
할 때도 있고 내가 아닌 척을 해야 할 때고 있다.
그 간극을 메꾸려면 하루 중 10분이라도
스스로와 대화하는 시간을 가져야 한다.
자신과 대화를 할 땐 솔직해야 한다.
솔직해야 나의 본래 보습을 볼 수 있다.
시작은 그곳에서부터 가능하다.

처음의 나를 잊지 않아야 한다.
언제나 처음의 나로 회귀할 수 있다면
감사한 마음이 들 것이다.
어떤 경험에서든지 다시금 감사한 마음이 든다면
나는 아마도 그 경험을 잘 통과했기 때문일 것이다.

- 나의 삶은 하나의 프로젝트
각자의 삶은 하나의 거대한 프로젝트이다.
자신만의 장애나 무기를 안고 와서 스스로 계획한
내 인생을 살아가면서 앞으로 나아가는 과정이다.
타인이 내 삶에 개입한 다는 것은 내 프로젝트를
타인의 손에 맡기는 것과 같다.
타인과는 의견을 나눌 수는 있어도
타인이 내게 지나친 간섭을 하도록 내버려 두지는 말자.

타인은 자신의 자리에 서 있지 않음으로 업을 저지르게 되고 나는 내 중심을 잡지 못함으로 인해 방황을 하게 될 것이다. 또한 타인의 조언으로 내가 겪어야 할 공부를 넘어가게 된다면 그것도 반드시 내게 좋은 것은 아니다.
겪을 만큼 겪고 넘어가야 비슷한 상황이 닥쳤을 때
스스로 헤쳐 나갈 수 있는 힘이 생긴다.

- 자유의지
인간이 자유의지를 가진 이유를 잘 생각해보자
인간은 불완전한 존재임에도 자유의지를 가지고 있다.
자유의지로 인해 인생에서 여러 가지 예측하지 못한 일들이 생긴다.변수들은 나를 나락으로 빠뜨리기도 하지만 생각지 못한 기회를 주기도 한다.

식물과 동물은 자신이 갇혀있는 형상에서 벗어나지 않는다. 어떤 계절, 어떤 온도에 겨울잠을 자고, 꽃을 피우고, 열매를 맺도록 프로그램 되어 있다.
자연은 자신의 자리를 이탈하지 않는다는 뜻이다.
따라서 예측이 가능하다. 그러나 인간은 자신의 자리를 찾는 것조차도 자신이 풀어야 할 숙제이다. 내 안에서 찾아야 한다. 사회가 주는 틀, 바깥에서 보이는 대로 판단하여 내가 있어야 할 자리에 서 있지 못한다면
내가 어떤 역할을 하려고 지상에 태어났는데, 그 길로부터 멀어지고 있다는 이야기다.

- 자신의 자리

인간은 자신의 자리를 찾는 데만도
수많은 시행착오와 비움의 과정을 거쳐야 한다.
찾고난 후에도 그 자리를 지키기 위한 노력이 필요하다.
자신의 자리를 찾고, 그것을 해 내는 것 자체가
인간이 성장하는 발판이 되고 공부가 된다.
그런 이유로 인간에게 있어 결과보다는 과정이 중요한 것
이다. 과정이 모여서 결국은 결과가 된다.

그것을 겉으로 보이는 성공과 실패라는
틀에서 가늠할 수 없는 것이다.
인간이 가진 변수 때문에 인간에 대한 실망도 있고
기대도 있고 희망도 생겨나는 것이다.
그 사람이 장차 어떤 꽃을 피우고
어떤 열매를 맺을지는 신도 알 수 없다는 점에서
인간은 가능성을 가지고 있다. 자신의 가능성을 과소평가
하지 말자.

- 두려워하는 것

내가 두려워하는 것이 있다면
그 원인을 찾아 그 감정을 없애야 할 것이다.
무언가를 두려워하게 되면 그것에 얽매이게 되고
얽매인다는 것은 노예상태가 되는 것이다.
나를 두렵게 하고 얽매이게 하는 것이 있다면
그 이유가 무엇인지 생각하고, 그것으로부터 벗어나려는

시도를 해야한다. 정신적인 것이면 정신적인 독립을
신체적인 것이라면 신체적인 독립을 경제적이라면
경제적인 독립을 위해 노력해야한다.
왜냐하면 인간은 자유로운 존재이기 때문이다.

- '왜'?
세상을 향해 '왜'라고 질문하는 것을 멈추지 말자.
'왜'에서 창조하는 힘이 생기고, 그것으로 세상이 변한다.

- 현재의 자신을 보면
인생의 주인이 될 것인가?
편하게 안주할 것인가?
두 가지 갈림길에서 걸어가면서 선택을 해야 하는 것의 연
속인 것이 우리의 삶이다.
모든 순간이 그렇다.
그것에 대한 결과로 현재의 자신이 있는 것이고
미래의 내가 있는 것이다.
내가 궁금하다면 현재의 자신을 보면 된다.

2교시 성장

- 존재는 현재를 살아갈 뿐
시간은 사실 현재의 연속일 뿐이다.
우리는 과거와 현재, 미래를 구별하여 시간을 쓴다고 생각
하지만 실제로는 현재를 계속 살아가고 있을 뿐이다.
그것을 자명하게 자각 할 때가 있다.
순간에 깨어 있어 순간을 살아갈 때이다.
명상에 깊이 들어가면 어느 순간 시간과 공간의 개념은 사
라지고,
'지금 여기'가 자명한 느낌으로 와 닿을 때가 있다.

그 느낌은 나는 언제나 '이 순간에 존재했고 존재하고 존
재할 것이다'라는 느낌으로 굳이 표현할 수 있다. 실은 그
저 텅 빈 우주 공간에 원래부터 있었던 자신을 느끼는 것
이다. 현재만이 존재하는 공간 속에 존재하며 그 자체로
그냥 있는 'to be'의 상태에 있는 것이다.

그렇기에 본질적으로 우리는 존재하는 것이고
그 존재는 늘 현재에 살아가고 있다.
명상을 하지 않고도 그 느낌을 느끼고 싶다면,
과거의 한 시점을 생생하게 떠 올려보라.
가끔 과거를 회상할 때 과거에 있었던 일처럼 느껴지지 않
고 그 때 그 상황 속으로 들어가 그 상황을 보는 자신과
그 상황 속에 있는 자신을 동시에 느낄 때가 있다.

대부분 과거의 경험은 '그땐 그랬지'라며
과거의 기억을 머릿속으로 대충 기억할 뿐이지만
어떤 기억은 나를 통째로 그 시간과 공간속으로 소환하며
마치 그 순간이 현재에도 존재하는 것 같은 느낌을 생생하
게 받을 때가 있다. 나는 실제로 시간과 공간을 초월하여
그 순간으로 들어간 것이다.

내가 느낀 감정과 순간은 착각이 아니다.
그 느낌을 소중히 하고 확대해 보자.
인간은 영과 육으로 이루어진 존재이다.
그렇기에 육체는 비록 3차원의 세계에 갇혀 물리적 제약이
있겠지만 영혼은 시간과 공간의 제약을 받지 않는다.
현재, 미래, 과거에 동시에 나타날 수도 존재할 수도 있는
것이다. 이 감각을 익혀, 우리는 현재를 살아가고
현재를 충실하게 살려는 연습을 해야 한다.
이것이 우주의 존재방식이기 때문이다.

- 실천하고 수정하고
내 인생을 살아가는 방법은 살면서
내가 경험하고 그 경험을 통해 깨달은 것을
나머지 삶을 통해 실천하고 또 수정하고 살아가는 것이다.

- 경험을 통한 성장
내 인생이 내 것이 되려면 살면서 경험을 통해
마음으로 깨달은 것을 꾸준히 실천해야 그 깨달음이 체화
된다. 그 전엔 그저 하나의 정보로만 저장되어 있을 뿐이

다. 물론 앞서 깨달은 분들의 경전이 있고, 철학자, 학자들이 남긴 책들이 있지만 경전과 말씀이 내 것이라고는 할 수 없다. 내가 나의 이 육체로 부딪쳐서 경험한 깨달음이어야만 내가 이해한 것이고 우리는 그 이해를 바탕으로 삶을 나아간다. 그렇다고 해서 그 경전과 말씀을 무시하라는 얘기가 아니다. 삶을 항해하는 데 있어 필요한 이론 공부하고 여기면 될 것이다. 만약 이론과 내 현실사이에서 내 마음 속의 목소리가 가리키는 방향과 이론이 가리키는 방향이 서로 어긋나면 내 마음 속의 목소리가 말하는 대로 일단은 나갈 필요가 있다. 그리고 그 길을 지나왔을 때 다시 뒤를 돌아보면 비로소 내가 걸었던 길이 어떤 의미를 가지는지가 자명해진다.

- 내 인생 내 뜻대로
내 인생을 내가 생각한 대로 살라는 것은
내 멋대로 살라는 의미가 아니다.
제 아무리 성현의 말씀이고 대학자의 말씀이라고 해도,
내가 살아가는 것은 나의 삶이다.
100%의 답은 역시 내 스스로의 힘으로 찾아낸 것이어야한다. 설령 그것이 일반적 의미의 '진리'와는 다른 결론이라 할지라도 말이다.

길을 나아갈 때 스승은 방향을 알려 줄 수 있다는 점에서 필요하다. 하지만 그 편안함에 취해서는 안 된다.
언젠가 독립의 시기가 오게 되면 허둥지둥 앵무새처럼 스승의 말만 되풀이하고 스승이 했던 행동만 되풀이 할 것이다. 평생, 그 그늘에서만 살 것인가?

아무리 작은 것이라도 그의 틀을 벗어나 독립하다면
나는 그 만큼 성장한 것이다.
더 이상 그의 그늘에 머무는 것이 아니라,
스승과 제자로서의 예의는 살아있되
서로 독립적인 존재가 되는 것이다.
진정한 스승이라면, 역시 서로 평등한 관계가 되기를 원할
것이다.

아이는 태어나서 부모의 말과 행동을 일방적으로 흡수한
다. 우리가 어릴 때를 생각해 보면 "우리 엄마가~"라는 말
을 자주 했을 것이다.
학교에 가서는 "선생님이 이렇게~"라고 또 자주 말한다.
하지만 그때에는 아직 경험한 것도,
배운 것도 거의 없던 시기였기에 그저 살면서 학교에서,
집에서, 친구들과 놀면서 부지런히 배울 시기이다.

그러다 사춘기가 오면 나를 둘러싼 모든 것에 반항하는 시
기가 온다. 그 만큼 자신만의 생각이라는 것이 생겼기 때
문이다. 하지만 이 시기는 충분한 경험과 성숙된 자아를
토대로 한 생각이 아니라, 무조건 반항하고픈 심리에서 비
롯된 것이라 독립하기에는 이르다. 그래도 무조건 부모님
의 혹은 선생님의 말만 따르던 상태에서 홀로서기를 하기
위한 준비단계로 나아가라는 뜻이 아니라 이 시기는 이 시
기대로 기쁨으로 받아들이자. 마침내 아이는 자라 성인이

되고 부모로부터 자립하여 독립의 시기를 맞이한다.

이 단계가 인생에 있어서 어느 때고 적용된다고 생각한다. 성인이 되어서도 무언가를 배우기 위해 학교를 등록했다고 치자, 처음에는 배우고 따라하고 모방을 해야 한다. 일단 흡수를 해야 하기 때문이다. 그런 다음 점차 자신만의 스타일이 생기면서 독립하는 시기가 온다. 모든 배움이 마찬가지이다. 자신만의 스타일이 생기기 전에는 일단 습득하고, 배우고 익히고 그다음에는 그 배움을 활용할 때가 온다. 그 때가 독립할 때인 것이다.

- 두 발로 서는 연습
만약 내가 어떤 배움을 얻었음에도 계속 안주하려고 한다면 그것은 마음속에서 편하고자 하는 마음이 자리 잡고 있었기 때문이다. 누군가 나를 대신해서 생각하고 결정하고 나아간다면 일견 좋아 보일 수 는 있지만 내가 내 삶을 살아간다고 할 수 있을까? 자유롭고 싶다면 두 발로 서는 연습을 해야 한다. 내가 끌고 가는 차, 내가 끌고 가는 배는 중간에 좌초할 수도 있고 엉뚱한 방향으로 들어설 수도 있지만 그 것 또한 과정이다. 그 배가 파괴된다면 다시 만들어서 다시 운행하고, 그것도 아니라면 수영을 해서라도 바다를 건너면 된다. 속도는 더디겠지만 그것이 내 속도라면 또한 인정하고 나아가면 된다.

- 자유의지를 선물로 준 이유

독립이 두려운 것은 당연하다.
새로운 세상을 여는 것은 기존의 세상을 죽이는 것이기 때문이다. 그것은 죽음을 의미할 만큼의 공포를 가져온다.
하지만 새로 시작하다보면 이 전의 경험들이 헛되지 않음을 느끼게 될 것이다. 나와 함께 여전히 살아있다는 것을 느낄 것이다. 언제까지나 타인에 기대어 살 수는 없다.
그것이 조물주가 당신에게 '자유의지'를 선물로 준 이유이다. 그리고 조물주는 우리에게서 '자유의지'를 앗아갈 의향도 없어 보인다.

나는 내 마음 속에서 느낀 것을 살아가면 된다.
모든 사람이 칭송하는 길이어도 내 마음 속에서 찜찜함이 남아 있다면 그 길은 내 길이 아니기 때문이다.

- 나는 큰 존재
감정이나 생각은 내가 아니다.
이것들과 나의 의식이 꼭 붙어 있으니까
마치 나의 전체인 것처럼 느껴지지만
나는 감정과 생각보다 훨씬 넓은 존재이다.
다만 몸을 입고 있고, 오관이 있고, 뇌가 있기 때문에
그것을 통해 경험을 하고, 몸으로 부딪쳐 느낀 여러 가지
정보가 내 몸 안으로 흘러와 그것들을 처리하는 과정에서
지혜가 생긴다. 이 과정이 인생 수업이다.

다시 말하자면, 수업을 치르는 과정에서 감정이 일어나고
생각을 해야 하지만 이것이 나의 전부가 아니다.

나는 훨씬 큰 존재이다.
명상을 하거나 집중에 들었을 때 우리는 우주에 접속 되기
도 하는데 그렇게 우리는 우주에 연결된 또 다른 우주이
다. 다만 몸으로 수업을 치르는 중일뿐이다.
그리고 경험을 통해 축적된 깨달음은 나의 자산이 되어
죽을 때 영혼에 새겨진다.

인생이란 영혼을 살찌우는 수 있는 일종의 플랫폼이다.
지구는 학교라는 말이 괜히 나온 것이 아니다.
그러나 지구는 우리가 최종적으로 돌아가야 할 곳은 아니
다. 우리가 돌아갈 곳은 우리가 원래 온 곳이다.
지구에 살면서 외롭고, 그립고, 서러운 마음이 드는 것은
떠나온 고향이 있기 때문이다.

살다보면 나만 세상의 흐름에서 뒤쳐진 느낌이 들 때가 있
다. 그런 때 일수록 더욱 나의 내면을 들여다보아야 한다.
내가 원하는 것이 주변 사람들처럼 사는 것인지,
아니면 그런 것과는 상관없이 내 속도에 맞추어 내 삶을
살아갈 것인지 어느 쪽을 선택한다고 해도
후회는 조금씩 생길 것이다.

최소한 남들 사는 대로만 살았더라면
인생을 낭비하는 것 같은 기분은 들지 않았을 텐데 몸도
상하고 마음도 상하면서, 인생에 대한 후회가 밀려올 때가
있다. 하지만 이런 일을 하든 저런 일을 하든 삶은 괴로움
의 연속이다. 그것을 얼마나 현명하게 또 가볍게 받아 넘

기는 지에 따라 나의 마음 자세도 달라지는 것이다.

이런 경험을 하든 저런 경험을 하든 그 속에서 무엇을 내가 얻었는지가 내 몸속에 남는 것이지, 남들과 비교에서 내가 뒤쳐져 있다고 해도, 그것은 내가 실제로 여러 가지 일을 통해 쌓은 내공과는 다른 문제이다.
겉으로 보았을 때 남과 비슷하게 살지 않는 다의 문제이지, 실제 내가 쌓은 내공과는 다를 수 있다는 얘기이다.
인생에는 정답이란 것이 없다. 내가 걸어가면 그것이 길이 되는 것이다.

- 우주의 시선
우주가 당신을 바라보는 시선은 당신이 겪고 있는 경험을 통해 무엇을 느끼고 배우고 어떻게 성숙되어 가는 가에 있지, 당신이 무엇을 성취했고 이루었는 것에는 있지 않다.
당신이 물리적으로 어떤 모습을 하고 있는지는 우주에 입장에서는 전혀 중요하지 않다.
내가 지금 작게 느껴진다면 시선을 넓게 바라보라
그것이 절대적인 정의인지
좁은 세상에서의 정의인지
기억하라, 당신은 절대 작은 존재가 아니다.
당신은 우주이다.

- 내안의 신성

삶의 지도가 없다고들 한다.
아니다.
사람은 태어날 때 기본적인 계획을 짜고 나온다.
그것을 우리는 사주팔자라고 부른다.
또 여러 현자들이 남긴 경전이 있다.
삶의 지혜를 담은 정수이다.
하지만 어느 것도 100%는 아니다.
100%는 오롯이 나에 의해서만 가능하다.
삶은 살아내는 것이고 살아가는 것이다.
그러니까 사주와 경전은 지침은 될 지언정
그것 자체가 내 삶을 살아주는 것은 아니다.
삶은 내가 살아가는 것이고
현재 진행형이다.
그렇다면 어떻게 살 것인가?
우리는 가자 내면에 '신'이 있다.
바로 내가 '신'인 것이다.
내 안의 신성을 캐어내면서 살아야 한다.
신성을 어떻게 캘 것인가?
그것은 순수한 의도로만 가능하다.
몸을 가지고 살면서 우리는 여러 가지 국면을 맞이한다.
경험을 하면서 여러 가지 감정과 생각을 하고
마침내 지혜를 얻는다.
내가 마음 속에서 느낀 것을 실천하며 살 때 충만감을 느
낀다.
보답으로 돌아오는 것은
다음 방향으로의 안내이다.

어느 방향으로 한 걸음 더 내딛을지가 보인다.
그렇게 내면에서 느낀 것들을 하루하루 정성스레
살다보면 내 인생의 지도가 점차 완성된다.

완전히 그 지도를 완성할 수 있을 때에는
내가 이 세상에 이별을 고할 때이다.
내가 완성한 내 인생의 지도는
다음 세대가 쓸 수 있는 나침반이 될 것이다.
자, 이제 어떤 인생을 살 것인가?

- 힘들다면
내가 지금 남들 보다 조금 힘든 길을 걷고 있단 생각이 든
다면 그것은 아마도 인생이라는 학교에서 응용문제를 풀고
있기 때문이다.

- 우리는 공동운명체
지구라는 곳은 이곳에 닿는 순간 우리는 모두 공동운명체
가 된다. 싫든 좋든 고락을 함께 해야 한다. 익숙한 길은
버리고 새로운 길로 나아가는 것은 괴로운 일이다.
습관처럼 같던 길을 버리고 미지의 길을 개척한다는 것은
기존에 내가 쌓았던 모든 것을 잃을 수 있는 길이다.
그 선택에 대한 결과를 알 수 없으니 두려울 수밖에 없다.
그렇지만 변해야 할 때 변할 수 없다면
퇴보할 수밖에 없다.
그것은 개인의 삶에서도
인류의 역사에서도 비슷한 법칙이 적용된다.

지금은 새로운 전환의 단계로 넘어가야 할 때이다.

내가 경험한 것의 가치를 현재는 알기 어렵다.
그 속에 허우적거리며 괴로워하고 있을 때에는 더욱
그 의미를 알기가 어렵다. 하지만 언젠가 공부의 긴 동굴
속에서 한 줄기 빛을 발견하고 그것을 등불삼아 조금씩 나
아가서 마침내 빠져 나오게 되면 그 경험이 소중했다는 것
을 느낄 수 있을 것이다. 나의 경험은 절대 쓸데없는 것이
아니다.

- 희망을 보고 살아가는 것
세상에 내가 정말 행복하다고 느끼며
살아가는 사람은 별로 없다.
삶에 대한 희망, 자신에 대한 희망을 보고 사는 것이다.
힘든 상황에서도 희망을 발견하고 그것을 등불삼아 나아가
는 것 그것이 내 삶을 만들어 가는 길이다.
즉, 삶은 완성된 것이 아니다.
또한 나라는 사람도 동사형이지 명사형이 아니다.
그런 의미에서 아직 삶을 만들어 나갈 수 있다는 사실에
감사하자. 그것이야 말로 내가 살아있다는 증거이다.

- 일기를 쓰자

시간은 선물이다.

일기를 쓰면 과거의 시간을 그저 흘려보내지 않고
기록 속에 붙잡아 둠으로써 그 시간을 내 것으로 할 수 있다. 글을 써 내려가면서 스스로를 돌아보고 생각을 정리하다보면 다음 발자국을 어떻게 내딛을지에 대한 영감이 찾아온다.

- 몸을 움직이면
몸을 움직이는 동안에는 잡생각이 잘 끼어들기 힘들다.
부정적인 감정이 올라온다면
주체할 수 없는 감정이 복받쳐 오른다면
잠시라도 몸을 움직여 보자. 걷거나, 청소를 하거나, 정원에 나간다거나 하는 간단한 행동으로도 기분을 전환 시킬 수 있다. 마음을 평정하게 해야 하는 이유는 그렇게 해야 사태를 정확하게 볼 수 있기 때문이다.

- 자각하자
중요한 결정을 앞두고 있을수록
나의 감정 상태를 자각 하고 있어야 한다.
지나친 감정은 기쁜 감정이든 슬픈 감정이든
판단을 그르치게 한다.
사람들은 생각이 결정을 내린다고 믿고 있지만
실제로는 기분이 생각을 결정하고 생각이 행동을 결정한다.
기분을 좋게 하는 것이 핵심이다.
사실 우리가 어떻게 느끼는 지가 삶의 행복지수를 결정한다.

- 사귐
사람을 사귀는 데 중요한 것은 나이가 아니다.
얼마나 뜻이 통하는 가에 달려있다.
우리는 우리가 생각한 것 보다 역사가 오래된 영이다.
보이는 모습이 전부가 아니다.
이번 생에서의 내 물리적 나이가 나의 진짜 나이가 아니
다. 그렇기에 뜻이 통한다면 우리가 친구가 될 수 있는 것
이다. 서열 문화, 나이를 중요시 하는 문화가 세대간의 소
통을 가로막는다고 생각한다. 나이와 역할에 갇히다보면
우리는 그에 맞게 행동할 수 밖에 없다. 그래서 좋은 친구
를 사귈 기회를 놓친다.

- 우울한 것도 습관
우울한 감정에 빠져드는 것은 사실 습관이다.
한 가지 감정에 꾸준히 사로 잡혀
그 감정에 몰입하는 것도
사실은 습관이 그렇게 나 있기 때문이다.
내가 바꾸려고 노력하면 바꿀 수 있다.
고착화된 패턴을 부수면 된다.
그렇게 하려면 평소와 다르게 생각하고
다르게 행동하는 것을 반복하면 된다.
그러면 고착화된 이 패턴도 더 이상 이것이
작동되지 않는 다는 것을 알고 알아서 도망간다.

- 그리울 때는
자주 하늘을 쳐다본다거나
하늘을 볼 때마다 그리운 감정이 든다면
그것은 당신이 하늘에서 왔을 가능성이 높다.
고향을 그리워하듯 하늘을 보는 것이다.

- 옳고그름의 문제가 아니다
옳고 그름의 문제가 아니다.
자유의 문제이다.

- 나를 완성하는 길
세속의 성공을 원한다면 세속의 흐름에 맞추어 살아가야
한다. 나의 완성하는 길은 그러나 세속의 성공과는 다른
길을 걸어야 한다. 외로운 길이다. 하지만 깨달음을 얻은
이들은 항상 자신의 내면소리를 듣고 그것을 따라간 사람
들이다.

- 산다는 것
삶을 살아간다는 것은 사실 무엇을 성취하고 이루는 것이
라기 보다는 배우고 익히고 비우고
또 배우고 익히고 비우는
또 배우고 익히고 비우는 것의 연속이다.
그것들이 모여서 성취를 이루는 것이지
성취자체를 위해 사는 것은 아니다.
성취를 하지 말라는 이야기가 아니다.
성취를 하는 경험을 통해 스스로를 좀 더 신뢰할 수 있게

된다. 하지만 결국은 살아가는 것 살아내는 것 그것이 의미이다.

- 완벽이란
세상에 완벽한 것은 없다.
오직 서로가 조화를 이룰 때만이 완벽해진다.
조화를 이루는 것은 완벽함이 모여서 되는 것이 아니다.
그것을 서로 어우러질 때 가능하다.
사실, 우리는 각자대로 완벽하다.
편견에 사로잡힌 마음이 완벽하다고 생각하지 않을 뿐.

- 생각의 자유
맞고 틀리고의 문제가 아니다.
맞고 틀리고가 중요한 것이 아니다.
이미 단단해진 경계에 갇혀 자유롭게 생각할
힘을 잃어버리게 하는 것이 문제이다.
그것을 주의해야 한다.

- 스스로 질문하기
지식과 진리라고 여겨지는 것들에 대해 질문하고
스스로가 얻은 답으로 살아야 한다.
세상을 바라봄에 누군가의 틀로 바라보지 않고
나의 관점과 판단으로 바라 볼 수 있어야 한다.
나의 삶을 이끌어 주던 사람, 사상, 종교 등에서 벗어나는
것은 쉬운 것이 아니다. 그러나 그 편안함에 안주해서
'타'에 기댄다면 나는 스스로 삶의 주인이기를 포기 한 것

이다. 가르침을 따르더라도 맹목적인 것이 아닌
스스로 생각하고, 자발적으로 따르는 것이어야 한다.

- 자유롭기 위해
권위에 기대어 사는 삶은 편하다.
따로 생각하거나 판단할 필요가 없다.
목표나 방향도 인도자가 설정한 대로 따라가면 된다.
스스로 나아가는 것이 힘들다면
기대어 나아가는 것도 필요하다.
하지만 결국, 나는 정신적인 독립을 맞이해야 한다.
하나의 주체적인 인간으로 살기위해서는 말이다.

- 자유롭기 위해
정신적 독립이 어려운 이유는 두려움 때문이다.
자신의 판단에 대한
스스로에 대한 믿음과 자신감이 부족하다.
기존의 질서에 편입되어 산다면
중간은 갈 텐데, 스스로를 믿고 나아간다는 것은
막막한 기이다. 쉽지 않은 길이고, 주위에
나와 비슷한 사람도 없어서 어떻게 나아가야 할지도
모르겠다. 그럼에도 독립을 해야 하는 이유는 자유로워지
기 위해서이다. 자유로워지기 위해서 감수해야 할 책임의
무게이다. 나의 인생을 '주인의식'을 가지고 살아가기 위한
나의 '무게'인 것이다.
내게 스승이 있다면 스승을 보라.
그는 누군가에게 얽매인 존재인지 자유로운 존재인지.

어떤 길이 더 옳고 어떤 길이 나를 더욱 진화시켜 줄 것인
가. 기존의 질서에 소속되어 나아가는 길은
그 질서 속에서 약간의 앞섬과 뒤처짐이 있을 뿐
그 질서를 벗어난 세상 속에서는 어떤 의미를 가지는 가?
그래서 뭐?
그래서 뭐?
왕년에 내가 어떠했다는 것은 현재의 나와는 상관이 없다.
그래서 뭐?
스스로가 자유인이 되어서 나아간 길은
온전히 나만의 것이다. 누가 인정을 하건 안 하건
내 영혼에는 새겨져 있다. 그리고 그 시간들이
버팀목이 되어 앞으로의 항해도 꾸준히 나아갈 수 있게
도와 줄 것이다.

- 영혼으로 기도하는 법
마음이 아플 때에는 글쓰기를 해 볼 것을 추천한다.
글을 쓰면 내 생각과 감정, 그리고 나 자신 사이에 틈이
생긴다. 그러면 그 틈으로 나를 얽매고 속박시키고 고통을
준 요소들에 대해 객관적으로 바라볼 수 있게 되고 마침내
그것들에 대해 휘둘리지 않게 된다.
아니 휘둘리지 않는 것은 아니지만 덜 휘둘리게 된다.

두 번 째, 마음이 우울하다는 것은 쌓아두었기 때문인데
글쓰기를 하면서 쌓아둔 것들을 덜어낼 수 있다.
그렇기 때문에 거짓 없이 써 내려가야 하는 것이다.
일기에서 조차 내 마음을 드러낼 수 없다면 나는 혼자 있

을 때에도 솔직해 질 수 없다. 그런 삶은 너무 슬프다.

솔직한 내 모습을 마주하고 글을 써 내려가면
나와의 접속이 점점 깊어질 것이다. 나와 대화하고 나에게
질문하고 내가 어떤 사람인지 알아가는 시간을 가여야
내가 나의 가장 친한 친구가 되고, 나의 '에고'까지
꿰뚫어 볼 수 있다.

자신이 특히 자신에게 관대한 사람인지 아니면 자신을
모질게 대하는 사람인지. 자신의 에고가 어떤 특성을
지녔는지 연구하자.
자신을 찾아 들어가기 시작하면 언젠가 연결 되는 것은
본래의 자신, 본성이다. 우주와의 첫 연결이 이루어지는 것
이다.

3교시 나눔

- 교감
인간으로서 행복 중 하나는 타인과의 깊은 교감에서 얻는
기쁨이다. 그것은 반드시 언어를 통해 이루어지는 것은 아
니다. 어쩌면 언어를 뛰어넘는 행위를 통해 사람은
더욱 근본적인 교류가 가능한지도 모르겠다.

- 공기, 물, 불...
공기, 물, 불, 산, 바다, 동물, 식물, 친구,
부모, 형제 늘 가까이 있어 당연하게 여겼던 것들이 가장
소중한 존재임을 너무 늦지 않게 깨달았으면 한다.

- 향기를 남기는 사람
좋은 인생 아름다운 인생을 살고 세상을 떠난 분들은
빈자리에 향기를 남긴다. 아무 이유 없이 친절했던 분들은
자신에게만 그러한 것이 아니라 세상 사람에게 두루 공평
하고 따스하고 친절했다.
그리고 그런 분들은 세상을 빨리 떠나는 것처럼 보인다.
맞다. 인생에서 해야 할 역할을 빨리 마무리했기 때문이다.

- 어떻게 마무리 할 것인가
계속 무언가를 도모하고 만들어 내는 것이
항상 아름다운 것은 아니다.
떠날 때에는 마무리에 집중하는 것이 더 중요하다.

어떻게 인생을 살 것인가에 대한 질문은 많이만 어떻게 인생을 마무리해야 하는지에 대한 중요성은 모른다.
사람은 다 죽는다. 그것을 잊고 사는 것이 이상하다.
마치 사람은 죽지 않는 다고 생각하는 것 같다.

인생을 마무리 할 때, 죽음 후에 가지고 갈 수 있는 것은 무엇인가를 질문해라.
얼마나 많은 돈을 벌 수 있는지에 대해 집중한다면
많은 돈을 벌 수 있을 것이다.
얼마나 많은 경험을 하는 데에 집중한다면
이런 상황에도 저런 상황에도 자신의 중심을 잡고 상황을 바라 볼 수 있을 것이다.

- 상대가 없다면
상대방에 대한 기대가 충족되지 않을 때에는
상대가 미워지기도 한다.
그럴 때는 상대방이 세상에 없다는 상상을 한 번 해보라.
그러면 미워하는 마음 보다는 감사한 마음이 떠오를 것이다. 내 곁에 있는 것들은 당연한 것이 아니다. 지구에 살아가는 동안 일시적으로 주어진 것들이다. 내 몸도 그러하다.
우리가 원래는 빈 몸으로 왔다는 것을 잊지 말자.

- 모성에 가까운
하늘의 사랑을 굳이 표현하자면 모성에 가까운 사랑이다.
자식에게 몸을 내어주고 끊임없이 사랑하지만
그것으로 자식을 지배하려거나 속박하지 않고

자식이 커 가는 과정을 흐뭇하게 바라보고
그것이 기쁨이며
사랑한다고 해서 모든 것을 주고 싶지만
자식의 독립을 위해 그 마음을 참고
그렇게 결국엔 자신의 품에서 벗어나 홀로서기를 하는 것을 보는 것이 기쁨인 그런 모성이 하늘의 사랑에 가깝다는 것을

- 소통이 잘 되는 것
소통이 잘 된다는 것은 말이 잘 통한다는 것 보다
말을 넘어선 어떤 정서나 감정의 공유가 잘 이루어진다는 뜻이다. 우주는 원래 언어로 의사소통을 하지 않고
파장(wavelength)로 의사소통을 한다.
소리를 내는 언어로 의사소통을 하는 인류는
의사소통에 장애를 가질 수밖에 없다.
소리만으로 전달되는 것에는 한계가 있다.
하지만 마음을 고요히 하고 상대를 들으려고 노력한다면
머리가 아니라 온 몸으로 들으려고 노력한다면
지구 인류가 사는 세상은 지금과는 훨씬 다른 모습으로 살아 갈 텐데. 의사소통에 많은 에너지가 든 다는 것은 그만큼 가야 할 길이 멀다는 의미이다.
굳이 언어로 표현하지 않아도, 눈빛만 봐도 통한다는 것은 언어를 넘어선 소통을 한다는 것이다. 우주에서는 이런 방식으로 소통한다.

- 시간, 공간, 돈

인간 세상은 어찌 되었던 물질로 이루어져있다.
물질은 벽을 치고 막을 만든다.
그렇기에 인간 세상에서 소통을 잘 하기 위해서는
물리적으로 자주 만나고, 자주 소통을 해야,
그 막을 오히려 사라지게 할 수 있다.
그렇기 때문에 상대를 사랑하는
방식이 시간, 돈, 공간을 함께 나누는 것이다.
내가 만약 상대와 함께 위에 언급한 세 가지 중
어느 것도 함께 하고 싶지 않다면
나는 사랑을 하지 않는다는 것이다.

타인도 내게 그러하다면 그는 당신을 사랑하지 않는 것이다. 관계를 정리할 때 재고해야 할 것은,
내가 상대를 사랑하는지, 그 사랑이 가치가 있는 것인지
그리고 상대가 나를 사랑하는 지를 고려해야한다.
사랑이 맞다면 나는 시간과 공간, 에너지를 나누어야 하는
것이고, 사랑이 아니라면 고려할 가치가 없다. 이미 사랑이
아닌 것이다.

- 솔직하기
소통은 자신을 포장하거나 감추는 것에
목적이 있는 것이 아니라
자신을 솔직하게 드러내는 것에서부터
비로소 시작하는 것이다.
그것도 아니면, 그것은 이미 소통이라고 할 수도 없는 것
이다.

- 투명한 마음으로
투명한 마음으로 상대를 대하는 것은 용기가 필요하다.
하지만 순수한 마음으로 상대를 대하지 않으면
진정한 소통은 불가능하다.

- 신화란
어릴 적에는 외부의 지식을 부지런히 쌓으며 살아가다
자라면서 차츰 스스로 경험하고 느낀 것을 실천하며 살아
간다. 그 과정 속에 작은 깨달음이 생기고
그 깨달음이 모여 나는 마침내 진리라는 바다에 이르게 된
다. 그 진리와 내가 하나가 되면 나는 자체로 신화를 이루
는 것이다. 세상에 내려와 이름을 남긴 사람들은 신화를
이루었기 때문이다. 신화는 어려움을 극복한 사람에게 내
려지는 하늘의 선물이다.

- 나를 이끄는 것
진리의 가르침 자체가 나를 진리로 이끄는 것이 아니다.
많은 지구별 선배들의 가르침 자체는 가르침으로 존재한
다. 그것은 참고서의 역할을 하며 내가 시행착오 하는 것
을 줄여 줄 수는 있지만
결국은 내가 몸으로 직접 부딪치며 찾아내는 것이다.
아무리 성현들의 말씀이 진리에 가까운 것이라고 하여도
그들은 내가 아니다. 그렇기 때문에 완전히 내 것이라고
할 수 있는 것은 내가 경험하여 깨닫고 내 몸속에 저장한
것이야만 한다.

- 나의 문제지, 나의 답안지
삶에 대해서 끊임 없이 질문을 해야 한다.
나만의 답안지를 만들고
경험을 통해 확인하고
살아있는 동안 넓어지기 위해 노력해야 한다.
나의 깨달음을 타인과 나누고 함께 성장할 수 있도록 하
자.

자신의 경험을 타인에게 전하는 이유는 타인이 길을 걸어
가는 데 시행착오를 줄일 수 있도록 도움을 주기 위함이
다. 그러나 인간은 역시 본인에게 그 일이 당장 닥치지 않
는 이상 이해하는 데에도, 받아들이는 데에도 한계가 있다.
그럼에도 성현들이 깨달은 내용을 후세에 전하고 간 이유
는 언젠가는 때가 되었을 때, 인생의 폭풍우 속에서
방향을 재설정하고 앞으로 나아갈 수 있도록 도움을 주기
때문이다.

- 연결되어 있다
깨달은 사람들이 때로는 자신의 목숨을 아끼지 않고
타자를 위해 노력하는 것은
생명체는 하나로 연결되어 있다는 것을 알기 때문이다.
하지만 자신에 대한 자각 없이 이타적인 행동을 하는 것과
자신에 대한 자각이 있고 이타적인 행동을 하는 것은 다른
차원의 것이다.
인간은 겉으로 보이는 면으로만 판단하기에

결과적으로만 판단하는 경향이 있다.
하지만 스스로를 찾고 선을 행하는 것과,
찾기 전에 행하는 것은 차이가 있다.

- 언제나 돌아올 곳
스스로를 알고 상대와 내가 다르지 않다는 것을 아는 것은
언제나 돌아올 곳이 자신이라는 것을 알기에 선을 행할 때
넘치지 않는다. 흘러 넘쳐 내가 휩쓸려 갈 정도로 하지 않
는다. 상대가 부담이 되지 않을 정도로 선을 행한다.
부담을 준다면 그것으로 마음의 빚을 상대방에게 지워주는
것이다.

- 연민
나와 다른 존재에 대한 동정이 아닌
상대가 나와 다르지 않다는 것을 인지하고,
생명에 대한 존중에서 나오는 연민인 것이다.
사람들의 의식이 성장하고 있다.
예전에는 다른 나라에 봉사활동을 가거나 타인을 도울 때
가족은 왜 안 돕는지, '한국에도 불우 이웃이 많은데'라는
비난이 있었지만 이제는 세계에서 일어나는 사건 사고를
멀리 있는 타인의 고통이 아니라
우리의 고통이라 여기고 돕는 사람들이 많아졌다.
세계는 연결되어 있고 타인을 포용하는 것은 확장된 나를
포용하는 것이라는 것을 사람들은 느끼고 있다.
미디어의 발달로 현 지구인류가 이전인류와 다른 것은
너와 내가 다르지 않다는 것을 느끼게 되었다는 것이다.

역사상 가장 편견 없고, 다양성을 존중하고 자연과의 일제를 위해 노력하는 인류가 탄생하길 바란다.

- 하늘은 인간을 그냥 내버려두지 않는다.
하늘은 인간을 그냥 내버려두지 않는다.
하늘을 모른 척하고 살아가는 것은 인간이지 하늘이
인간을 내버려 두지는 않는다.
하지만 인간의 일에 간섭하는 것은 우주에서도 금기시 하고 있다.
지구별에 입학한 이상 인간은 공부중이기 때문이다.
알아주었으면 하는 것은 이 글을 읽는 당신도
언젠가는 하늘의 일부였다는 것이다.
돌아보면 인생의 방향을 알려주는 현자는 늘 곁에 있었다.
내가 찾지 않았을 뿐 시대 별로 필요한
가르침을 전해주고 저 하늘의 별이 되어
돌아간 인류의 선생이 많이 있었다는 것 자체가,
하늘이 인간을 그냥 내버려 두지 않았다는 증거이다.
현재를 살아가는 나의 발자취는 미래를 살아갈
인류의 지도가 되어 줄 것이다.
그러므로 현재를 살아가는 나는, 현시대에 대한 책임이 있다.
지금의 현자라면 현 지구에 어떤 가르침을 이 세상에 전하려 노력할까? 현시대의 아픔은 무엇이며 어떻게 해야 그 아픔을 안을 수 있을까?
이런 것을 생각할 때이다.
현 인류는 그간의 인간 역사를 거쳐 그 만큼의 성장을 했

고 이제는 시대의 아픔을 함께 끌어안고 함께 행동할 때이
다. 현 인류는 그것을 해 내야 한다.

- 상을 만들어 놓는 것은 이기심이다.
자신이 생각했던 모습과 다르다고
누군가를 떠나는 사람이 있다.
상대는 자신이 설정하고 기대한 모습에
타인이 맞춰주질 바란 것이다.
친구의 사귐, 남녀간의 사귐,
동물과 식물과의 사귐은 서로 이해하고
사랑하고 정을 주고받는 과정이다.
일방적이지 않다는 얘기다.
내가 자신이 기대한 모습과 다르다고 떠나는 사람은
사귐이라는 것이 서로 주고받는 것이라는 것을
이해하지 못하는 사람이다.
사랑이 무엇인지를 모르는 사람이다.
다르다고 떠나는 것이라면
자신만 이해받으려고 하는 사람이다.
사람을 사귄다는 것은 열린 마음으로 상대방의 모습을 받
아들이는 과정이다.

그 과정에서 많은 부딪침과 대화,
모른 척 하기, 포기하기 등등의 과정이
존재한다. 자기 틀에 맞는 사람은 세상에 없다.
비슷한 사람은 있어도 같은 사람은 없는 이유이다.
내가 타인 때문에 괴롭다면, 그 타인도 나 때문에 괴롭다

는 생각을 해 본적은 없는가?

성숙한 사람은
상대를 자신의 틀에 맞게 재단하지 않고
있는 그대로 받아들이는 사람이다.
그리고 강요하지 않는다.
무언가를 꼭 해 주는 것이 사랑이 아니다.
가만히 지켜보는 것이 더 큰 사랑일지 모른다.
사랑을 하면서 내가 베푸는 것 같아도
사실은 그것에 기대에 내가 살아가는 것이다.
왜냐하면 사람은 사랑으로 살아가기 때문이다.

- 주는 것만도 받는 것만도
사랑이라는 것은 베풀어 준 상대에게서만 받는 게 아니다.
내가 누군가에게 베푼 사랑을 다른 사람에게서 받는 것이
다. 마찬가지로 내가 어딘가에 사랑을 주면 나의 아이가
다른 곳에서 사랑을 받는다. '정'이라는 것은 받을 줄만 알
아서도 주기만 해서도 안 된다.

받을 줄만 아는 사람은 대게 상대에게 관심이 없다.
모든 것이 자기 위주이다.
그런 사람은 주변을 황폐하게 만든다.
관계라는 것은 줄 것은 주고, 받을 것은 받으면 나아가는
것인데 받을 줄만 알고 주는 것은 모른다면 관계를 오래
지속하기는 어렵다. 반면, 주는 것은 아는데 받을 줄 모르
는 것도 안 된다. 상대에게 폐를 끼치기 싫은 마음에 혹은

자존심이 너무 세어서 받는 위치에 있고 싶지 않아서 받지 않는 사람도 있다. 상대가 무언가를 당신에게 준다는 것은 호의의 표시일 수 있는데, 매몰차게 거절하는 것은 마음에 상처를 남길 수 있다. 상대를 위해 받는 것도 때로는 필요하다.

잠깐만요! 스스로 하는 인생 점검 워크북

일기장에 글을 쓸 때에는 자신에게 가장 솔직한 순간이다. 나만이 보는 나의 시험지. 나를 제대로 성찰할 수 있는 기회의 시간이다. 아무도 보지 않는다. 걱정하지 말고 중간 시험지를 써 내려 가 보자. 매일 한 장씩, 아무도 방해 받지 않는 시간, 내가 완전히 나 자신으로 있을 수 있는 그 시간에 시험지를 작성해 보자.

▷ 나는 누구인가?
내 이름 석 자를 뺀 나는 누구일까?
나는 항상 누구누구의 엄마, 부인, 남편이라는 이름으로 불렸다.
직장에서는 직함으로 불렸고
집에서는 누구의 엄마이자 아빠
학교에서는 이름으로
하지만 내 이름도 나라고 할 수 있을까?
내 이름을 빼고, 내 직함을 빼고, 내 역할을 빼고난 나는 뭐라고 불리면 좋을까?

나는 누구인가?
나는 생각한다.
나의 이름, 나이, 외모, 인종, 성별, 직함, 역할
이 모든 것을 제외한 순수한 나의 모습은 무엇인가 하고.

가끔 명상을 하다보면 깊은 고요 속에서 세상과 내가 연결되어 있다는 느낌을 받는다. 너와 내가 본질적으로 다르지 않다는 것을 깨닫는 순간, 사랑이 무엇인지를 느꼈다. 하지만 그래도 개성으로 존재하는 나도 있다. 너와 다른 나만의 특징 이라는 것이 있다.

내가 누구인지를 써 내려가 보자.
가장 소중한 친구인 나에게 써 내려가는 편지를.
내가 누구인지.
내가 좋아하는 일. 어떤 일을 할 때 보람을 느꼈는지.
내가 좋아하는 음식. 겉으로 시작되는 나의 특징부터
가장 깊숙하게 숨겨 두었던 나의 면까지.
얼마나 시간이 걸리더라도 한 번 나에 대해서 써 내려가보자.
태어나서 내가 누구인지, 제대로 파악 해 본 적이 있을까?
다른 사람들은 어떻게 생겼고, 내 아들 딸들이 좋아하는 음식이 무엇인지는 알면서 스스로에 대해 알려고 한 적은 없는 것 같다.
그렇다면 나에 대해서 연구하는 시간을 가져보자.
나와 친하게 되면서, 나와 깊이 있는 대화를 가지는 것이 점점 쉽게 느껴질 것이다.

내 이름:
내 나이:
내 역할/직함:

이것들을 제외한 나는:
나의 성격:
나의 취향:
나의 장점과 단점:
내가 잘한 일 세 가지:
내가 못한 일 세 가지:
살면서 후회되는 일 세 가지:
살면서 보람되는 일 세 가지:

솔직하게, 정말 솔직하게 써 내려 가보자.

▷ 내가 가지고 온 소명은 무엇일까?
이승에서의 마지막 숨이 끊어지고 나는 마침내
몸을 **빠져나와** 영혼의 존재가 되었다.
그리고 하늘에서 문제가 내려온다.

이번 생에 당신은 얼마나 삶을 통해서 배우려고 했나요?
이번 생을 통해 당신은 얼마나 사랑하고 나누려고 했나요?
이번 생에 당신은 자신의 소명을 얼마나 이루려고 했나요?

지구에 있을 때는 잊고 있었던 나의 본래 모습! 지구의 장을 벗어나자 전생의 모습부터 내가 계획했던 모든 것들이 선명해 지면서 기억을 되찾았다. 그리고 진한 후회와 그리움의 감정이 밀려왔다.
아, 이렇게 살았어야 하는데.
아, 그때 이렇게 했어야 하는데.

나는 누구인지를 아는 것은 자신이 세상에 태어나서 어떤 일을 할 것인 지와도 관련이 깊다. 내가 세상에 나온 이유는 경험을 통해 삶을 배우고 이전보다 성숙하고 알찬 영이 되어 돌아가기 위함인데 그렇다면 어떻게 살 것인가? 하는 명제가 남아있다.

▷ 무엇을 하면서, 무엇을 배우고 어떻게 나누고 살 것인가?

내가 이미 가지고 있는 직업이 내가 세상에서 하기로 했던 역할과 비슷한 것일 수도 있고, 아니면 우연히 발견한 어떤 일이 나의 소명과 이어지기도 한다. 첫눈에 반한다는 것은 처음에 반짝 했던 그 감정이 사라지면 아무것도 아닐 가능성이 크다. 나의 소명은 반드시 멋지고 근사하게만 찾아오는 것은 아니다. 마음속으로는 끌리지만 남들이 보았을 때는 근사해 보이지 않는 것일 수도, 혹은 전혀 예상치 못한 일이었는데 하다 보지 잘 하게 되고, 그 속에서 의미를 찾으면서 만들어가는 그 일이 나의 소명일 수도 있다.

한 가지 일에만 얽매이지 않고 다양한 경험을 하면서 발견되어 질 수 있다. 그 과정 또한 지구에서 내가 거쳐야 할 과정인 것이다. 사실, 내가 잘 하고 좋아하는 것이 나의 소명과 관련되어 있을 가능성이 크다. 하지만 직접적으로 돈벌이가 안 되고 세상에서 인정받는 것과는 거리가 멀기에 애써 멀리했지만 이상하게 나에게 우연처럼 여러번 제의가 들어오고 관련된 일을 하게 된다면, 그 일이 나의 소명일 가능성이 크다. 운명의 신이, 자신의 역할을 잘 할 수 있도록 우연을 가장한 필연으로 당신의 영혼에 노크를 한 것일 수 있다.

나의 소명과 관련된 일은 뜻하지 않는 곳에서 찾아올 수도 있다. 평범하게 주부로만 살아오다가 우연하게 시작했던 일을 통해 나의 장점과 강점을 알게 되고 이것을 승화시켜 타인의 삶을 돕는데 이용한다면 그것이야 말로 나의 소명을 찾은 경우이다. 소명은 사실 지상에서 말하는 '직업'과는 다른 의미로, 나의 진화와 타인의 진화를 돕는 그 어떤 일과 같은 것이다. 단순히 생계를 넘어선 가치를 지니는 것이다.

▷ 자신에게 질문하기
- 지금은 하고 있지 않지만 내가 하고 싶어 하는 일이 있다면, 그리고 그 이유는?
- 내가 그 일을 했을 때 마음상태가 어땠는지요?
- 지금 하고 있는 일이 보람이 있다면 그 이유가 무엇인가요?
- 나는 앞으로 내가 하는 일을 어떻게 발전시켜 보고 싶나요?

▷ 주변을 정리하는 일
이제 자신이 어떤 사람인 줄을 알고 어떤 역할을 통해 삶의 보람을 느끼는지를 알았습니다. 인생의 큰 줄기를 잡은 셈입니다. 인생의 목표를 정해서 나아가려면 이제 실천하는 것만 남았습니다. 실천하기 위해 나는 주변을 가지치기 할 필요가 있습니다. 무 자르듯이 인간관계를 자르라는 것이 아닙니다. 다만, 우선순위를 정하고 성취하고 또 균형 있게 삶을 꾸려 나갈 필요가 있습니다. 지나치게 많은 사람을 만나고, 지나치게 많이 소비하고, 지나치게 많은 감정을 소비하는 대신 그 에너지를 나를 위하고 타인을 위하고 더 큰 이웃을 위해 쓰는 것에 돌려본다면 인생의 행복이 몇 배로 당신을 찾아올 것입니다.

세상에 태어나 한 가지를 잘 마무리하고 가는 것도 쉽지 않습니다. 내가 선택할 수 있는 것을 선택하고 집중하고 정성을 다 하여 이곳에서 이루고자 했던 일을 이루어 냅시다. 자신을 위한 선물은 물론 우주를 위한 선물을 당신이 만들어 내는 일입니다. 인간에게 쓸 수 있는 에너지가 무한정 주어지는 것이 아닙니다. 삶과 죽음이 나눠진다는 것이 그 증거입니다.

나의 역할에 집중하기로 했다면 내가 관리할 수 있는 수준에서 관계를 정리해야 합니다. 여기서 관계는 비단 인간관계만을 뜻하는 것은 아닙니다. 세상의 모든 사람과 다 관계를 맺고, 또 이들과 좋은 관계를 유지할 수 없을뿐더러 그렇게 해야 할 필요도 없습니다. 무조건 끌어안고 있는 것이 좋은 것은 아닙니다. 곰곰이 생각해 보았을 때 나와 상대방의 신념이나 수준이 맞지 않을 때에는 상생의 관계가 아니라 서로 상극의 관계가 됩니다.

내가 가장 비우기 어려워하는 것 한 가지를 적어봅니다.
그 것을 비웠을 때 나는 어떤 모습을 하고 있습니까?
그것이 나를 힘들게 하는 이유가 무엇입니까?
주변을 정리하기 위해 내가 해야 할 일이 무엇입니까?

▷ 오늘 하루를 정리하기
- 버리고 싶은 감정 써 보기:
- 포기해야 할 감정 써 보기:
- 감사하는 마음이 든 이유:

▷ 자신을 사랑하는 일
완벽한 삶은 없는 것 같습니다. 모두 저마다의 고충과 애
환이 있으니까요. 하지만 인간은 그런 불완전성으로 인해
나아가고자 노력하는 것입니다. 그러니까 부족함이 축복처
럼 느껴질 때도 있습니다. 처음부터 완벽한 삶이라면 그
삶은 과연 행복할까요?

인간적인 기준의 행복과 영적인 기준의 행복은 일치하지는
않는 것 같아요. 부족하기 때문에 노력하는 삶, 부족하지만
마음은 편안한 삶, 부족하기 때문에 서로 도우는 삶, 불완
전하기 때문에 저지르는 실수가 있기 때문에 나는 살아가
는 것인지도 모릅니다. 모든 것이 완벽하고, 실 수 없고 훌
륭하다면 항상 그러하다면 나라는 사람이 존재할 필요가
없을지도 모르니까요.

산길을 걷다 보면 막다른 길도 만나고
굽이굽이 오솔길도 만났다가
오솔길인 줄 알았는데 덤불을 헤치고 나가면
대로가 나오기도 합니다.
인생길도 마찬가지라 생각해요.
끝을 알 수 없는 갖가지 길이 나 있는 거지요.
늘 대로변으로만 갈 순 없습니다.

잘난 사람은 잘난 대로
못난 사람은 못난 대로
자신의 길을 걸어가고 있을 뿐이더라고요.
잘났다고 그 사람이 진짜 잘난 것도 아니고
못났다고 그 사람이 진짜 못난 것도 아니고요.
그러니까 내 가치를 외부에 두지 말고
그냥 이대로 나를 인정해 주고 아껴 주세요.
그리고 현실에서 한 걸음씩 나아가세요.
잘나서 자신이 소중하고
못나서 자신이 소중하지 않은 것이 아니라
못나도 자신을 소중하게 여기려는 노력 자체가 아름다운
거지요.
때때로 생각대로 일이 안 풀릴 때
자신을 자책하지요?
일을 잘하는 분들이 더 심합니다.
하지만 정신 차려 보면 후회가 되죠.
나를 못살게 굴지 말고 아껴 주시라고요.

사랑하는 사람이 있으면
상대의 마음에 들기 위해 노력하는 것처럼
내가 울적해서 무너져 내렸다면
나를 다독이기 위해 노력하는 거죠.
평생 해결해야 하는 과제입니다.
그래도 어쩌겠어요?
나를 극복할 수 있는 것도 자신,
나의 최대 무기도 자신이라는데.
마지막까지 포기하지 말아야 할 것은 '나'예요.
자신을 사랑한다면 이제 타인도 사랑할 수 있는
여유가 생깁니다.
사랑은 상대를 자유롭고 편안하게 해 주는 것입니다.
누군가를 사랑한다고 소리 내고 표시 내는 것이 아닌,
스스로를 드러내지 않는 가운데 상대가 필요한 것을 해 주
는 거라고 해요.

상대가 필요한 것을 해 줄 때에도 편안하게 주고,
받을 때도 편안하게 받을 수 있어야 사랑이라고 하지요.
줄 때에도 받을 때에도 어딘가 빚지는 것 같고 부담이 된
다면 그 자체로 이미 마음은 무거워지는 것이니까 사랑이
아닌 것이 됩니다.

- 나를 편안하게 하는 것들은 무엇이 있습니까?
- 나는 어떨 때 행복감을 느낍니까?
- 나를 사랑하기 위해 최근 내가 들이는 노력은 무엇입니
까?

삶이라는 것은 시간을 받는 것입니다.
이 시간을 어떻게 채울지는 스스로의 몫입니다.
우리는 각자 인생이라는 시간을 갖고 세상에 태어납니다.
100년 정도의 한정된 시간동안 나는 어떤 삶으로
내 시간을 채울 것인가 생각하면
삶에서 무엇을 잡고 버려야 할지가 보일 수 있습니다.

세상에서 나만의 시간이 다 했을 때
내가 가지고 갈 수 있는 것이 무엇일까요?
그것은 내가 경험한 또 그 경험으로 인해 내가 깨달은 것
들이 아닐까 싶습니다. 그런 것들은 나의 몸속, 영혼 어딘
가에 저장되어 몸을 벗었을 때에도 가져갈 수 있는 것인
것 같아요.

그렇다고 해서 물질이 중요하지 않다는 얘기는 아닙니다.
물질이 있어야 경험을 가능하게 하니까요.
하지만 물질이 나를 압도하지는 않았으면 좋겠습니다.
예술분야에 종사하는 사람만이 예술가가 아닙니다.
특별할 재능으로 자신이 만든 작품을 통해
사람들을 새로운 세계로 인도하는 사람들이 있습니다.
이런 사람들을 예술가라고 합니다.
하지만 궁극적인 차원에서 모든 사람들이 예술가입니다.

각자가 자신의 삶을 부여 받았다는 점에서
태어났으니까 그저 살아가는 것이라고 생각하기 쉽지만

내 삶은 내가 창조할 수 있는 유일무이한 것입니다.
타인이 아닌 나의 삶입니다.
하루하루를 새롭게 창조할 수 있는 것도 나이고 그로 인하여 달라지는 것도 나입니다.

삶을 새롭게 창조하는 것이야말로 궁극적인 예술이라고 생각합니다. 삶이 답이라고 나는 늘 생각합니다.
그 어떤 예술도 살아가는 것에 우선할 수는 없다고 생각합니다.

▷ 죽음이 무엇인지를 아는 일
죽으면 어디로 간다고 생각하나요? 비단 인간의 죽음 뿐만 아니라 동물과 식물 모두 언젠가는 생명을 끝낼 시기가 있습니다. 그들은 죽은 후 어디로 갈까요?
사람은 죽어서 어디로 가는 가?
그저 죽으면 모든 것이 끝인 것일까?

- 나는 어떤 모습으로 죽음을 맞이하고 싶습니다.
- 인생의 할 일을 마치고 편안한 죽음을 맞이하고 싶습니까? 아니면 허둥지둥 제대로 준비하지 못한 죽음을 맞이하고 싶습니까?

임사체험자들이 하는 이야기를 들어봅시다.
그들은 공통적으로 유체이탈, 눈부신 빛의 존재의 영접, 그리고 최근 죽은 친척이나 지인으로부터의 따뜻한 안내를 받습니다. 그리고 자신의 삶을 파노라마처럼 한 순간에 살펴보기도 하지요. 이것은 인생복습(life review)체험이라고도 하고요. 과학자들은 뇌의 산소가 결핍되어 일어나는 환각증상이라고도 주장합니다. 하지만 그토록 많은 사람들이 한결같은 이야기를 하는 것을 단순히 환각증상이라고 치부하는 것도 합리적인 태도는 아닙니다.

명상 수련가들은 고도의 수련을 통해 확인한 사후세계의 이야기도 전해집니다. 사후 세계는 존재하며 격에 따라 수천 수 만 단계로 나뉘어져 있다고 말이지요. 오랜 세월동안 의식 없는 동면상태로 존재하는 곳이 있고, 서로 사랑하면서 나름의 진리를 공부하는 세상도 있으며 우주의 일원이 되어 우주의 일에 동참하는 세계도 있다고 말이지요. 죽음은 끝이 아닌 새로운 탄생입니다.
꽃이 지면 열매가 남듯, 삶은 꽃이고
죽음은 씨앗으로 남아 하늘 어딘가로 돌아가는 것입니다.

상상하기:
눈을 감습니다.
현재 나는 깨끗한 옷을 입고, 눈을 감은 채 관속에 있습니다.
세상에서의 모든 일을 마무리하고 죽음을 맞이한 지금
내 몸 하나 크기의 관 속에 누워 있습니다.
육신은 비록 죽었지만, 영은 여전히 살아있어 현재의 내 모습을 바라봅니다.
어떤 기분이 듭니까?

생전의 나를 떠올려 봅니다.

앞으로의 나를 떠올려 봅니다.

나의 장례식을 상상해 봅니다.

그곳의 사람들은 어떤 표정인가요?

나는 어떤 모습을 하고 있나요?

천천히 눈을 뜹니다.

스스로에게 질문하기:
- 나는 어떤 장례식을 치르고 싶은가요?
- 삶이 몇 개월 밖에 남지 않았다면 당신은 어떻게 시간을 쓰고 싶은가요?
- 나의 유언장을 작성해 봅시다.
졸업생들의 '꿀팁'을 드리자면, 나의 삶을 어떻게 나누고, 어떻게 비울 것인가에 중점을 두고 작성하면 좀 더 쉽게 쓸 수 있습니다.

▷ 지구별을 떠나며

상상해 봅니다. 나는 이제 지구별에서의 삶을 마치고 하늘로 훨훨 날아오릅니다. 마지막에 남은 두 가지 감정, 그것은 미안함과 고마움입니다.

미안해요.
삶을 마무리 하며 내가 미안 했던 것들에 대해 써 봅니다.

고마워요.
인생을 마치며 고마웠던 것들에 대해 써 봅니다.
이제 지구별의 과제를 마치고 이별을 고합니다.
고마웠어 인생아, 미안했어 인생아

사람이 살아간다는 것은 끊임없이 빚을 지는 일입니다. 공기, 물, 땅, 살아가는 데 정말 필요한 것들에 대해서 우리는 고마움을 깊이 느끼며 살아가고 있지는 않습니다. 공기가 없으면 살지 못하지만 공기의 고마움은 모릅니다. 물을 못 먹으면 죽는데 물의 고마움은 모릅니다. 밥을 못 먹으면 죽는데 땅에게 감사함을 어떻게 돌려주는지 모릅니다. 상품을 사고 돈을 지불하기는 하지만 근본적으로 내 생명을 유지할 수 있게 하는 존재들에 대하 고마움은 알지 못합니다.

자연뿐 아니라 사회에도 빚을 지며 살아갑니다. 누군가의 노고가 있었기에 나는 밥을 먹을 수 있고 집에서 살고 옷을 입고 있습니다. 돈을 지불하기는 하지만 그것에 마음이 담겨 있는지는 모르겠습니다. 부모님은 나의 육신을 낳아 주셨지만 이 육신이 어디서 온 것이고 어디로 가는지에 대해서는 우리는 알지 못합니다.

가장 근본적으로는 우주에 빚을 졌습니다. 나라는 영혼이 몸을 입고 세상에 태어나는 것 자체가 나라는 영이 모든 것이 속성으로 이루어지는 지구에서의 경험을 통해 성숙해지고 싶었기 때문입니다. 지금은 기억하지 못하는 것은 지구별의 속성상 태어나기 전 과거의 모든 기억을 삭제하고 태어나야 하기 때문입니다.

나에게 즐거움을 존재
나에게 괴로움을 주는 존재
나를 행복하게 하는 일
나를 괴롭게 하는 일
돌아보면 동전의 양면입니다.
그리고 삶이란 늘 행복할 수도 늘 불행하기만 한 것도 아닙니다. 행, 불행 가운데 어느 쪽을 선택할 것인가 하는 것도 본인이 어떻게 가치를 두냐에 따라 다릅니다.
비슷한 사주와 비슷한 환경에 살아도 같은 사람이 없습니다. 어떤 이는 감사하며 살고 어떤 이는 불행하다고 생각하며 삽니다. 그 차이는 무엇이라고 생각합니까?

자신의 삶을 자주 성찰하고
'감사하기'를 연습한다면
자신의 인생에 다가오는 여러 가지 사건의 의미를
긍정적으로 해석하고 헤쳐나갈 것입니다.
세상에는 슬픈 기쁨이 있고 기쁜 기쁨이 있습니다.
비록 지금은 내가 고통을 겪고 있고 마음이 괴롭지만
최종적으로는 그 아픔이 나를 성숙하게 하고

삶을 새로운 눈으로 볼 수 있게 해 주는 계기가 되어 준다면 그것은 슬프지만 기쁜 일입니다.

내가 가진 것에 만족하며 마음의 여유를 가지면서 살아간다면 지금 당장은 감사하는 것이 어렵더라도 최종적으로는 살아갈 수 있다는 것 일을 할 수 있다는 것, 내가 이렇게 존재할 수 있다는 것에 감사하며 살 수 있길 바랍니다.
사는 것은 결코 쉬운 일은 아닙니다.
쉽지 않기 때문에 해 냈을 때의 보람도 큰 것이지요.
그러나 그 만큼 퇴보하는 것도 각오해야 하는 것입니다.

나의 존재를 더 큰 눈으로
당장 현실에만 매몰되어 있는 존재가 아닌
더 큰 눈으로 보아 주세요.
나는 내 생각이나 감정보다 큰 존재이니까요.
삶이란 정해져서 나오는 것이 반, 정하지 않고 스스로가 결정하는 부분이 반이라고 합니다.
사주팔자나, 유전자, 체질 같은 것은 태어날 때 정해진 부분이지요. 하지만 자신의 노력이나 마음먹기, 정성에 따라 달라질 수 있는 부분이 또 반입니다.
그리고 그 반의 크기를 차츰 차츰 늘이는 것이 바로 인생을 주체적으로 살려는 사람의 태도이겠죠.

쉽지 않습니다.
자신을 책망하지 마세요.
이미 이 만큼 산 것만으로도, 자신의 모습이 자신이 바라

보았을 때 아름답지 않은 모습이더라도 일단 자신을 바라
보고 안아주세요.

그러나 자신의 모습을 똑 바로 볼 필요는 있습니다.

자신의 솔직한 모습을 바라보고 인정하고 또 거기에서 시
작하면 됩니다. 당신이 살아있는 한 당신을 지켜보는 누군
가가 있다는 것을 기억하세요.

직접적인 도움은 주지 않을 지도 모릅니다.

하지만 마음으로 도움이 필요하다면, 어느 순간 도움의 손
길이 자신에게 닿는 것을 느낄 수 있을 것입니다.

자신이 바라는 물질적인 도움은 아니지만, 마음을 편안하
게 하고 생각의 방향을 바꾸어주는 그런 도움이 있을 것입
니다. 긍정적으로 생각하고, 삶을 걸어 나가세요.

그리고 주변 사람들에게도 친절을 베푸세요. 그들 또한 당
신처럼 험한 인생길을 개척하는 동료들이니까요.

그것은 지구에 존재하는 모든 생명이 마찬가지입니다.

에필로그: 염라국에서 편지가 도착했습니다.

나: 이로서 염라국에서 전할 내용은 마무리가 되었네요. 준비하는 시간은 길었는데, 막상 내용을 전하고 보니 너무 교과서처럼 만든 것 같아서, 죄송합니다. 이 세계가 그렇게 재미있는 곳은 아니라서 유머가 부족했네요. 하하, 마지막으로 염라국에서 여러분께 선물을 하나 드릴까 해요. 염라국 공무원들이 합심하여 시를 썼습니다. 물론, 글을 제일 잘 쓰는 분이 대표하여 쓰긴 했지만 저희들의 마음이 담뿍 담긴 시랍니다. 힘들지만 지구별에서의 공부 잘 마치고 미소 띤 얼굴로 저와 만나길 바라요. 오랜 영겁의 세월동안 당신이 준비했던 지구에서의 삶이랍니다. 늘 지켜보고 응원하고 있습니다. 매일 하늘을 쳐다보세요, 당신이 온 고향별의 친구들과, 제가 보일 겁니다. 정말로요.

1.
기억하거라 나의 아이야
너란 별은 어떤 이야기를 가져와
지구라는 곳에 풀어내려고 했는지를

지상을 다녀갔던 수많은 영혼들이
너희를 바라보고 있단다.
힘이 들면 하늘을 올려다 보거라
무심치 않을 것이니

네가 풀려고 했던 무지개 빛
하늘의 이야기를
아름다이 수 놓거라
그 이야기들은
하늘과 땅을 연결하는
다리가 되어 줄 것이니

너의 삶도
나의 삶도
하나의 이야기지 않느냐
삶과 수련
둘이 아니고 하나이며
하나의 이야기
힘을 내거라 아이야
선인들의 삶이

이정표가 되어 줄 것이다.
그러면 너와 나 다시금
한 점에서 만날 터이니.

힘들 때면 하늘을 올려다보고
간절히 바라 거라
네가 지구에서 풀려고 했던
그 이야기를 찾고 싶다고.

2.
하늘 구름 선율에 흘러가네
바다 넘어 두둥실
먼 길 외로운 길에
복사꽃 어이하여 하얗게 피었나
기왕 스러질 인생
어디 한 번 불태워 볼까나
심장은 고동치고
깃발은 봉 끝에서 펄럭인다.

끓는 피 전신을 돌아
환희되어 흩어지도다
불끈 쥔 손
부릅뜬 눈
내가 바로
인생의 주인
불이 꺼지고

막이 내리니
옥나비 유유히 날개를 펄럭이네
삶은 이런 것

오르내린 호흡사이 生이 있더라
그 속에서 함께 걷는 게
지구에서의 삶이더라

붉고 투명한 그대
영혼 날개에 빛을 뿌려주오
맞잡은 두 손에 진한 온기가 흐르도록

당신이 하고 싶은 일을 찾아 그 일을 하세요.
그리고 사랑하고, 나누고, 배우는 삶을 부디 살고 있기를
지구별 유학생을 영원히 지켜보고 응원합니다.

아루이은하 태양계 제4성 지구별 염라국 편찬完.

지은이 김예진

19년째 명상을 해 오고 있습니다. 바다가 내려다보이는 시골에 살면서 좋은 글을 쓰기 위해 노력중입니다. 명상을 하며 깨달은 것들, 명상 선생님께 배운 것들을 세상과 나누고 싶고 함께 유학중인 지구별 친구를 만나고 싶어서 책 펴냈습니다. 시나리오와 동화, 명상 책을 씁니다. 낸 책으로는 〈어린이를 위한 어린이 인권보고서〉, 〈마을이 돌아왔다〉, 〈허난설헌 1,2〉, 〈세계최초 군주혁명가〉, 〈조선의 별, 추사 김정희〉 등이 있습니다.

참고문헌

『조선의 별, 추사 김정희』 김예진 지음, 부크크, 2021.
『지구를 빛낸 우주인 이야기』 클레온, 수선재, 2011
『스타예찬: 그들이 빛나는 별이 된 이유』 장미리 지음, 수선재, 2013.
『다큐멘터리 한국의 선인들』 4,5,6, 문화영 지음, 수선재, 1999.
『당신이 지구별에 여행 온 이유』 김혜정 지음, 수선재, 2012
『죽음을 준비하는 법』 문화영 지음, 수선재, 2007
『노자의 말:도덕경』 야스토미 아유미, 삼호 미디어, 2022
★ 표지 이미지 출처 pixabay 무료상업이미지ⓒopenclip_vectors, ⓒcdd20

이번 생은 지구별을 졸업하고 싶어: 염라국 공식 지구졸업가이드북

지은이 김예진

발 행 2023년 3월 23일
펴낸이 한건희
펴낸곳 주식회사 부크크
출판사등록 2014.07.15.(제2014-16호)
주 소 서울특별시 금천구 가산디지털1로 119 SK트윈타워 A동 305호
전 화 1670-8316
이메일 info@bookk.co.kr

ISBN 979-11-410-2027-9

www.bookk.co.kr
ⓒ 김예진 2023